Sternzeichen im Alltag

und andere Kurzgeschichten

Anita Lang

Bibliografische Information der Deutschen Nationalbibliothek:
Die Deutsche Nationalbibliothek verzeichnet diese Publikation in der Deutschen Nationalbibliografie; detaillierte bibliografische Daten sind im Internet über http://dnb.dnb.de abrufbar.

© Anita Lang, August 2022
Cover und Illustrationen: Hermann Höger
Herstellung und Verlag: BoD – Books on Demand, Norderstedt
ISBN: 978-3-7562-1729-8

Inhalt

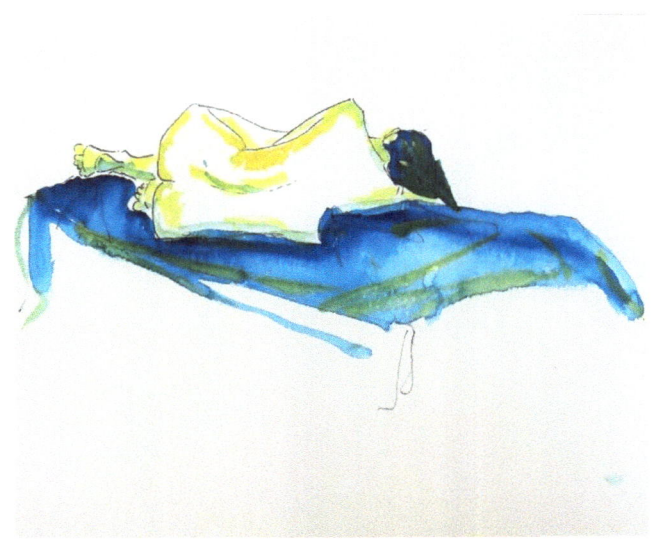

Das Bild der Eintagsfliege

So manche jungfräuliche Aufgabe hebt uns aus dem Alltag. Marlies, das Aktmodell, ist junge Mutter mit Kind, keine Jungfrau. ‚Was tut Frau nicht alles, um einer Kollegin einen Gefallen zu tun, die sich einen Schnupfen abgeholt hat‘, denkt sie. Hinter einem Paravent legt sie ihr blau geblümtes Sommerkleid sorgsam über die Sessellehne. Quer und mittig darüber BH und Slip. Ihre weißen Flipflops, wie Plattfüße nebeneinander. Sie atmet tief durch. Premieren sind immer aufregend, muss sein. Als sie den hellen, vorhanglosen Raum mit den hohen Fenstern betritt, registriert sie eine nüchterne Arbeitshaltung.

Malbegeisterte mittleren Alters kümmern sich um ihre Farben, ihre Leinwände. Einer wirft mir einen flüchtigen Blick zu und bringt seine Staffelei in

Position. Die Zeichendozentin hat eine wilde Frisur, in der sich rosa Strähnchen tummeln. Mit einer einladenden Geste bittet sie mich auf das Bettlager, eine Matratze mit beigem Überwurf, beinahe der Farbton meiner Haut. Ein Bein soll ich aufstellen, darauf lehne ich mein Kinn. Meine Arme halten sich schlingend fest.

„Geht's so", fragt sie. Ich nicke.

„Wird schon gehen." Nachher werde ich den Kleinen abholen. Die sind eh nett, die in seinem Kindergarten. Heute ist bis zum Abend geöffnet, ausnahmsweise hole ich ihn später, wird schon gehen. Für dieses eine Mal. Außer mir hat er keine Verwandten in dieser großen Stadt. Müssen wir völlig allein zurechtkommen. Ach was, vielleicht finden wir ja noch Freunde. Ich bin nur dieses eine Mal hier, habe ich der Dozentin gesagt. Sie wäre dankbar, sogar sehr, meinte sie. Ansonsten wären sie ohne Modell dagestanden. Hobbykünstler allesamt, glaube ich.

‚Ob Modelle sich für unsere Werke interessieren‘, überlegt Richie. Ich nehme mich zu wichtig, behauptet mein Chef. Von wegen, ich bin Freizeitkünstler. Selbstkritisch, meine ich, und sehr interessiert an allen. Also egozentrisch würde ich jetzt nicht unterschreiben. Eher bewusst leben. Tja, in meiner Firma, kann ich meine Begabung nicht ausleben. Dafür zahlen sie aber gut im Marketing, kann sich sehen lassen. Alles richtet sich nach den Wünschen der Kunden, ob es uns passt oder nicht. Die Dozentin erklärt noch, Ödes und Schnödes zur Materialkunde, weiß man, weiß man. Das Modell blickt mit träumerischen, grünen Augen aus dem Fenster. Marlies mit dem feinen, brünetten Haar, brünett wie ich. Ich werde ihr schwarze Haare geben, ja genau. Das wird formidabel aussehen, eine Hommage an Schneewittchen. Nun dreht sie sich nach links, stützt einen Arm ab. Als hätte ihre Schulter eine Botschaft, lockend, doch zugleich flüchtend. Ich bemühe mich, sie einzufangen, damit die Leute es auch sehen können, später. Ach, die Stunden sind um. Wie doch die Zeit verfliegt, wenn der Mensch einer schönen Tätigkeit nachgeht. Marlies erhebt sich und hüllt ihren Körper in das Leintuch, mit dem sie posiert hat. Manches kann man kaum in Worte fassen. Darum haben wir uns der bildnerischen Kunst zugewandt. Automatisch verstaue ich alle Utensilien. Mein Bild ist unfertig, hat aber Erfolgversprechendes.

Kaisermühlen ist zugeparkt, wie meistens, wenn das Wetter schön ist. Richie steuert den großen Platz beim Gänsehäufel an. Bei Badeschluss fahren massenhaft Badegäste weg. Dann werden erfahrungsgemäß Parkplätze frei. Außer es fährt ein Tiefstapler von der A22 ab und belegt Stellplätze für vier. Ein Platz im Schatten des Abends, wie für ihn reserviert. Für zwanzig Uhr hat er sich vorgenommen, am Pubquiz im Lokal an der Ecke teilzunehmen. Er stellt seine Sachen im Vorzimmer ab und drückt die Taste an seinem Anrufbeantworter. Wie gut, dass es ihn gibt, denkt er. Mein Butler im Singledasein. Ich bin ja kaum zu Hause, bei jeder Insiderparty dabei, bei Diskussionen zu Trend und Blend. Bei der Eröffnung von Ausstellungen.

„Hallo Papi", sagt meine Tochter fröhlich. „Melde dich mal. Hab dich lieb." Sie ist vor kurzem achtzehn geworden, ruft mich täglich an. Als ich das Tuch vom heute entstandenen Bild nehme, hält es mich gedanklich fest. Ich muss es unbedingt fertig malen. Mache mich an die Arbeit, irgendwann das elektrische Licht an. Bis es fertig ist. Kritisch betrachte ich es. Unzufrieden mit mir, mit meinem Können. Was hätte ich da noch alles besser machen können. Weltmännischer, plastischer oder profimäßiger, wenn es dieses Wort überhaupt gibt. Ich lache über mich selbst. Ich, ein Versuchender,

Experimentierender, immer in dynamischer Aktion.

„Hallo Schätzchen, das ist jetzt mein Rückruf", spreche ich meiner Tochter auf die Mailbox. Etwas verspätet, aber immerhin.

Am nächsten Tag kommt Roland vorbei, ein Kumpel vom Pubquiz. Einer, der überall dabei sein möchte. Mit viel Allgemeinbildung ausstaffiert, ein Extra-Bonuspunkt fürs Team. Er bemängelt, dass ich dies wundervolle Kunstwerk derart unspektakulär aufgehängt habe. Im Vorzimmer zwischen Bad und Klo. Wo es doch einen Ehrenplatz verdient hätte. Wenn er mit seinen Händen herumfuchtelt, meint er es ernst.

„Willst du es", frage ich. „Was würdest du dafür bieten?"

„Sagenhaft, die Pastelltöne. Sie verleihen der Dame einen Charme, der Aufsehen erregen wird."

„Wenn du es sagst. Weißt du, ich sehe das etwas kritischer."

„Das Gemälde ist toll. Du könntest es in einer Galerie in Kommission geben und zuwarten, was dabei herausspringt. Was meinst du?"

„Da bin ich ratlos. Ich kenne keine Galeriebesitzer", muss ich zugeben.

Roland lässt sich nicht entmutigen. Sein Enthusiasmus scheint ungebrochen. Wir verpacken es, nennen es „Lockender Tag", der verführerischen Schulter und des Lichteinfalls wegen.

„Wenn man es sieht, würde man sie liebend gerne kennenlernen", bemerkt er, als es sich mit raschen Schritten auf den Weg macht.

Meine neue Marketingcampagne betrifft einen aufstrebenden Artikel aus der Autobranche, fernab der Kunstszene. Sport-Felgen, die bisher nur Insidern bekannt sind. Mein vierköpfiges Team sitzt zum Brainstorming beieinander. As usual, in der hellgrauen Couchlandschaft im Besprechungs-raum. Die Assistentin hängt das „Bitte nicht stö-ren"-Schild draußen an die Tür. Just im Ideenfin-dungsprozess surrt mein Handy.

„Bitte macht weiter", sage ich und schleiche nach draußen in den Korridor. „Roland, schön, dass du anrufst. Was steht an?"

„Du wirst es nicht glauben", juchzt er. „Ein Kunsthändler hat es geholt und versteigert. Es erzielte Höchstpreieieise. Fast eine Million, das muss man sich einmal auf der Zunge zergehen lassen." „Richie, bist du noch da?"

„Pfumm!" In meinem Kopf surrt es wie in einem Bienenschwarm. Meine an meinen Körper angren-zenden Beine scheinen zu schweben. Gleich hebe ich ab und umkreise die Lampenschale an der De-cke.

„Also Mürzkronkorken, ich hoffe, wir gehen heute was trinken. Das muss begossen werden."

„Na klar, am Abend dann im Pub. Ich bringe Kollegen mit. Wahnsinn, ich freu mich total. Wahnsinn, das alles."

„He, sie da. Sind sie der Richard Mürzkron?" Zwei Senioren, die seltsam eingehängt auftauchen, richten ihre neugierigen Blicke auf mich. Irgendetwas sagt mir, dass es brenzlig werden könnte.

„Wer will das wissen", frage ich.

„Wir sind die Eltern von ihrem Modell, genauer gesagt, die Pflegeeltern."

„Wie jetzt, aber die Dame ist erwachsen", sage ich in bestimmtem Tonfall.

„Dann sind sie es also. Sehr erfreut, sie kennenzulernen", meint der ältere Herr und drückt meine Hand, ehe ich mich wehren kann.

„Die einstigen Pflegeeltern", sage ich nachdenklich. „Und was hat das mit mir zu tun?" Zaghaft rücken sie damit heraus. Sie möchten zu gerne wissen, in welchem Atelier ihre Marlies Modell gestanden hatte. Was mich krass misstrauisch macht, denn sollten die nicht in Konktakt sein, zumindestens in losem? Wer sagt mir denn, dass diese sympathische, junge Frau die beiden wiedersehen möchte. Oder sind es am Ende gar nicht die Pflegeeltern und wollen an die

Adressdaten ran. Schnell, eine Floskel muss her.

„Tut mir sehr leid, das fällt unter den Datenschutz, gnädige Frau", sage ich. Ihr Gesicht erinnert mich an einen Pudel. Ihre forschen Knopfaugen, die kleine Nase und das weiße, gekräuselte Haar.

„Wir kommen gerade von einer Weltreise zurück und sie ist leider umgezogen", meldet sich nun der Herr zu Wort.

„Da wären sie am Meldeamt besser beraten", sage ich und mache mich daran, die Haustür aufzuschließen.

„Ja aber", höre ich noch. Dann kann ich mich gerade noch rechtzeitig verdünnisieren. Ich habe auch eine Tochter. Billige Ausrede das, von Pflegedaddy und Pflegemom der Marlies Augentrost. In jedem Fall hätte ich von einer Weltreise geschrieben. Wer ohne Handy unterwegs sein sollte: die gute, alte Ansichtskarte samt Briefmarke hätte auch ihren Zweck erfüllt. Die reden nicht mehr miteinander. Das ist klar. Nur allzu gerne würde ich wissen, was sich ereignet hat.

Die nächste Malsession in der Urania beginnt und Marlies glänzt durch Abwesenheit. Wir Kursteilnehmer haben hier nichts mitzureden. Die Dozentin stellt Gustav vor und wir schlagen ein neues Kapitel auf. Als sie mir über die Schulter sieht, frage ich sie, wann Marlies wiederkommt.

„Ach, sie ist bloß eingesprungen, eine Eintagsfliege", sagt sie und lacht. „Aber eigenartig, dass sie fragen. Sie sind der Vierte. So ein Griss um die Adresse des Modells, ganz ungewöhnlich, hm." Während sie meine Arbeit begutachtet, erklärt sie, dass diese sensiblen Daten niemals von der Organisation der Abendschule herausgegeben werden.

Als ich bepackt die Stufen der Vorhalle hinuntersteige, erwarten mich ein Reporter und ein Kameramann.

„Können sie uns ein paar Fragen beantworten", fragt der mit dem Mikro.

„Leider, keine Zeit", presse ich hervor. Aufgebracht über die Störung, lege ich einen Zahn zu. Das Reporterteam heftet sich an meine Fersen. Rot für Fußgänger, prompt nützen sie das aus.

„Ach bitte. Nur ein paar Auskünfte für die Morgenausgabe", raunzt er. „Na gut", sage ich. Am Brückengeländer halte ich und der mit der Kamera hält drauf. Im Hintergrund der Donaukanal, neben mir auf dem Gehsteig liegen meine Malutensilien auf der Staffelei.

„Richard Richie Mürzkron, sie sind der Maler des Bildes Lockender Tag. Was war ihre Intention, als sie dieses Kunstwerk schufen?"

„Ganz unspektakulär", antworte ich trocken. „Ich wollte einfach nur den Augenblick einfangen." Das Interview geht weiter. Ich mache Reklame für Zeichenkurse, das kann nicht schaden.

„Und das Modell", sagt er und gibt sich Mühe, sein Interesse zu verbergen. Jetzt bringt er es auf den Punkt. „Wie heißt sie?" Jetzt muss ich klug handeln, glaube ich. Rasch, ein anderer Name, so einer wie Mona Lisa.

„Mona Wieser", schieße ich heraus. Im Nu sind sie abgezogen, mit Dank und erhellt durch meine Info. Der Name des Mädchens ist wahrlich gefragt.

Ein sonniger Badetag, wie er im Buche steht, kündigt sich an. Marlies und ihr Sohn nehmen den Bäderbus, der vollgestopft mit Menschen die Schüttaustraße hinunterschaukelt.

„Gerri schau, da ist ein Sitzplatz", sagt sie und klapp den Sessel im Fahrgastraum herunter. Kleine Kinder sollten eigentlich sitzen, findet sie. Sonst werden sie noch umgestoßen im Gedränge. Stickig ist es hier trotz Klimaanlage.

„Komm, wir steigen hier am Kirchenpark aus."

„Ich kann das Bad sehen", singt Gerri. „Kaufst du mir ein Eis?" Die Waffeltüten in den Händen, zwei Badetaschen geschultert, schlendern sie am Park vorbei. Den kenn ich doch, denkt Marlies. Einer aus der Künstlergruppe von der Urania. Sicher erinnert er sich nicht, war ja nur eine Sitzung. Besser so, peinlich das Ganze. Sowas mache ich nie wieder. Was soll

Gerri von mir denken, wenn ich nackt Modell sitze?

Über dem steinernen Brückengeländer beugt der Mann den Kopf über das Wasser. Gerri reißt sich los und will es ihm gleichtun. Jedoch reicht seine Körpergröße gerade noch, um zwischen den Pfeilern durchzusehen.

„Pass auf Junge", sagt er. „Nicht, dass du am Ende noch durchrutscht." Mein Herz klopft wie ein galoppierendes Pferd, als er sich zu mir wendet.

„Nanu Marlies, freut mich, sie hier zu treffen." Er weiß meinen Namen, na klar.

„Und sie sind", frage ich.

„Richie Mürzkron", sagt er, als hätte er nur darauf gewartet, mit mir ins Gespräch zu kommen. Ich höre von dem Bild, das mich und ihn verbindet. Das einschlug wie eine Bombe. Gerri zappelt und wirft den Rest von seiner Eistüte ins Wasser.

„Wann gehen wir endlich baden", fragt er. Richie lacht und meint, er wäre als Kind ebenso gewesen, ständig in Zirkulation.

„Ja, wir müssen dann", sage ich und deute in Richtung Gänsehäufel. Zu meiner Überraschung bietet er an, uns zu begleiten.

„Ihre Eltern waren bei mir", sagt er. „Also jedenfalls haben sie das behauptet."

„Pflegeeltern. Meine wirklichen Eltern kenne ich nicht." Er nickt, eröffnet mir, dass sie gerne meine Adresse gewusst hätten.

„Ich sags, wie es ist. Sie sind als Modell gefragt, sogar sehr. Seit das Bild Höchstpreise erzielt." Ich merke, wie die Farbe aus meiner Stirn, aus meinen Wangen weicht. Eisig fühlt sich das an, urplötzlich. Er scheint zu merken, wie es mir geht.

„Keine Panik", sagt er. Er wüsste ja meine Adresse nicht, auch die Volkshochschule würde nichts herausrücken.

„Wissen sie, ich bin nur eine einfache Büroangestellte in Teilzeit. Eher zurückgezogen", erkläre ich mich. „Nicht jeder träumt davon, auf einer Titelseite zu sein."

„Schon klar. Ihr Geheimnis ist bei mir sicher." Sie sind also kurz in Wien, haben das Bild entdeckt, das inzwischen sehr bekannt zu sein scheint. Das sieht ihnen ähnlich, die besorgten Pflegeeltern zu mimen. In Wirklichkeit war es anders. Es tat weh, als sie mit mir brachen.

„Mit deinem Balg wollen wir nichts zu tun haben", sagte Mama damals. Das war klar und deutlich. Zuviel Arbeit mit dem Nachwuchs, der von meiner Seite kommen könnte. Papa wäre neugierig gewesen, wie ich mir das finanziell vorstelle.

„Gerri war unterwegs, sie kennen ihn gar nicht", sage ich. „Es war kein Interesse da. Sie sind eben nicht meine richtigen Eltern." Wir sind an den Kassenhäuschen angekommen. Richie kauft sich eine Eintrittskarte und geht mit, als gehörte er zur Familie. Eine angenehme Art hat er. In einem ausgeglichenen Redefluss erzählt er, geduldig und selbstsicher. Gerri hat sich mit seinem T-Shirt am Zaun verfangen und

Richie hilft ihm.

Für Richie scheint die Zeit stillzustehen. Er betrachtet Mutter und Kind, wie sie in ihren Taschen kramen. Ein Kollege ruft an. Er könne die Präsentation für Willies Family nicht finden.

„Wir haben das unter Family Klamotten gespeichert", erinnere ich mich. „Da ist noch einiges daran herumzuklügeln." Ich muss mich losreißen. „Entschuldigt bitte meinen eiligen Aufbruch. Das Büro ruft."

„Schade Richie", sagt Gerri und zieht einen Schmollmund. Ich verspreche, nächstes Mal länger zu bleiben, wenn es seiner Mama recht wäre. Sie wirft das Haar zurück und tippt meine Nummer ins Handy-Register.

„Wenn sich die Gelegenheit ergibt." Das lässt alles offen. Ich bin auf Warteliste. Vielleicht wäre es aufdringlich gewesen, sie um ihre Nummer zu bitten, auch unter dem Blickwinkel, dass sie unerkannt bleiben will.

In Marlies' Kopf schwirren die Wünsche, als hätten sie in einem verborgenen Winkel darauf gewartet, von der Leine gelassen zu werden. Was könnte ich alles möglich machen, wenn ich mehr Geld hätte, überlegt sie. Vor allem sollte ich an Gerri denken, den ich schon oft vertrösten musste, wenn er mit einem ausgefallenen Wunsch ankam. Wenn ich an meine Zeit als Teenager denke, an meine Unsicherheit, wäre ich sicher nie mehr bereit, Modell zu sitzen. Schüchtern, sehr schüchtern, ja so bin ich. Anders als andere

Ladies in meinem Alter, die alles dafür tun würden, um sich in Szene zu setzen. „Vielleicht macht aber gerade das deinen Charme aus", hat Richie gesagt. Immer wieder sehe ich das Bild vor Augen. Ein besonderer Anblick heute in der Galerie am Ring, gleich hinter der Bushaltestelle. Wenn ich nichts tue, verpasse ich mitunter eine Chance, eine wirklich große.

„Hallo Richie", rufe ich ins Telefon. „Ich hoffe, ich störe dich nicht bei etwas Wichtigem."

„Nein, gut, dass du anrufst. Ich habe mir einiges überlegt."

„Ich habe das Bild gesehen. Wundervoll, echt klasse. Ich überlege, ob ich mich herantrauen soll. Als Modell, meine ich."

„Doch, natürlich. Du könntest das Geld sicher gut gebrauchen. Wenn du dich dazu entschließen könntest." Hernach tut Richie geheimnisvoll. Er schlägt einen Treffpunkt im Freien vor, wo öffentliches WLAN verfügbar ist. Am Freitag zu Mittag, auf der Donauinsel. Dann könne ich mir alles überlegen, unverbindlich.

„Herr Mürzkron, da sind zwei alte Leutchen, die sie sprechen wollen."

„Haben sie gesagt, worum es geht? Ich muss in einer halben Stunde zu einem Termin außer Haus."

„Angeblich um ein Modell. Privat, das haben sie auch gesagt."

„Danke. Bitte führen sie die beiden ins Besprechungszimmer." Das sind die lästigen Pflegeeltern, anscheinend geben die nicht auf. Ich muss mir eine Finte ausdenken, rasch. Tarnen und täuschen ist hier angesagt.

„Guten Tag, worum geht es? Ich muss gleich vorausschicken: ich habe nicht viel Zeit."

„Wie schon vor ihrem Haus erwähnt, wir möchten gerne den Kontakt zu unserem früheren Pflegekind aufnehmen. Wir vermissen sie sehr."

„Kann ich ihnen etwas anbieten? Wasser, Kaffee?" Mineralwasser für den Herrn, Mokka für die Dame. Als ich mit dem Tablett aus der Teeküche komme, höre ich sie durch den Spalt der offenen Tür hitzig diskutieren. Darüber, was in der Folge bei Marlies zu holen wäre. Tausende mindestens, sie wolle eine Reise auf die Phillippinen machen. Die ältere Dame ist dafür, einen Anwalt zu konsultieren, der den Kontakt zu ihr rechtlich einfordern könnte. Er ist für eine smartere Lösung, scheint jedoch auch schon Geldscheine in den Augen zu haben. Ich trapple ein paar Schritte. Die zwei Leutchen wechseln in den Flüsterton. Wie selbstverständlich stelle ich das Tablett auf den runden Tisch.

„Ich habe das Modell lediglich einmal gesehen", gebe ich zu bedenken. „Wie heißt denn ihre Tochter eigentlich?"

„Marlies Augentrost", sagt die Dame mit fragendem Blick, erstaunt über meine Unwissenheit.

„Ja, da kann ich ihnen gewiss nicht weiterhelfen. Die Dame, die uns Modell saß, heißt Mona Wieser." Mit einem weiteren Termin entschuldige ich mich im Nu. „Aber trinken sie nur ruhig ihre Getränke aus."

Wir treffen uns, Marlies und ich. Die Kastanienbäume stehen in voller Blüte. Wir setzen uns an die

Jausenstation zwischen den Wegen. Auf dem weitläufigen Spielplatz toben Kinder ausgelassen umher. Voll der Freude zeige ich ihr den Modelkatalog, in dem sie online aufscheinen kann.

„Sieh her, ich habe ein Pseudonym für dich eingetragen."

„Reimt sich auf Mona Lisa", sagt sie und lächelt.

„Ich sollte ein Foto mit einer schwarzen Perücke einstellen."

„Super. Details zu unserer Erfindung könnten sein: sie war zu Gast in Wien, nur einen Tag."

„Und ist dann nach Hause, nach Südafrika zurückgereist."

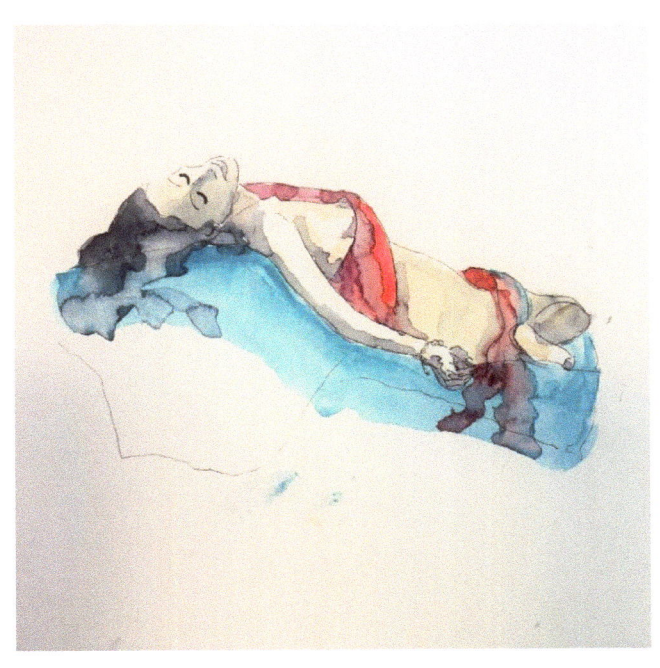

31

Sternzeichen im Alltag

„Wie ein Püppchen sieht sie aus", denkt Werner, als er die Wohnungstür aufmacht. „Zuverlässig, putzt wie ein Einser", hatte Benno zu ihm gesagt. Auch ein Eisenbahner, so wie er. Kollegen halten zusammen, überhaupt, wenn sie beide in derselben Straße wohnen.

„Hallo, ich bin Werner."

„Huda Hussien", stellt sich die dunkelhaarige, aparte Schönheit vor und fängt sofort an.

Die Putzutensilien hat sie in einem blauen Kübel dabei. Werner zeigt Staubsauger, Besen und Spülmaschine her. Eigentlich ist es ihm völlig wurscht, ob seine Wohnung sauber ist. Er sieht aber schrecklich gerne anderen bei der Arbeit zu. Könnte eine Zigeunerin sein, und jetzt verdient sie ein paar Euro für ihren Klan. Sie sollen in großen

Familienverbänden zusammen leben. Wer weiß, wie lang sie hier bleibt. Einfach gestrickt, die temperamentvollen Zigeuner.

Wie geschwind die ist beim Staub wischen. Huda lächelt ihm kurz zu, als sie ins Bad abbiegt. Die Wohnung ist hart an der Grenze. Sie muss erst sein ganzes Zeug weglegen, damit sie die Oberflächen putzen kann. Dann alles abwischen, eine Rolle für Plakate, Batterien in Plastikverpackung, eine CD von Ludwig Hirsch: „Dunkelgraue Lieder". Sie fragt, ob sie etwas davon hören kann.

„Ja, warum nicht?" Werner freut sich, dass sie sich dafür interessiert. Er drückt ihr zwanzig Euro in die zarte Handfläche. „Servus, passt nächste Woche Dienstag für sie", fragt er.

„Tuesday, yes", bestätigt Huda. „Bye!" Sie hält ihn für verwöhnt. Vermutlich ist er sich zu schade für Hausarbeit. Aus irgendeinem Grund kann seine Mutter nicht mehr für ihn putzen, vielleicht altersschwach oder sie will nichts mehr für ihn tun.

Aber es kann ihr egal sein, sie braucht das Geld.
Ludwig Hirsch singt noch, als Huda geht.

„Immerhin kann sie Englisch." Der wienerische Single hat wieder genug Zeit in seiner sauber gemachten Höhle. Vom Vorzimmer aus, wo obligatorisch Jacke und Kappe an Haken hängen, zweigen vier Teakholz imitierende Türen ab. Die Toilette mit blitzenden Kacheln, durch die Nullachtfünfzehn-Küche ins Bad, das Bleichmittel steigt einem noch in die Nase. Zur Rechten der Eingangstür das viel bewohnte Zimmer, weiche Polstermöbel um die Ecke, darüber Bücherregale, Filmkassetten, DVDs. Ein Flatscreen-Fernseher, der jetzt Sendepause hat. Die linke Tür zum Schlafzimmer ist offen. Weiße Einbaukästen bis zur Decke drücken den Raum zusammen. Da passt nur mehr das Doppelbett, mit sandfarbener Überwurfdecke, hinein. Eingezwängt, nah am Fenster zum Hof, der Computer mit dem flachen Bildschirm. Wenn der Apfelbaum blüht, wollen die Bienen herein, da ist Vorsicht geboten. Noch ein kleinerer Raum, mit je einem Fenster zu beiden Seiten. Über einer Häuserbrücke, im ersten Stock. Ein rahmenloser Ganzkörperspiegel. Für eine einzelne Person eine Menge Wohnraum.

Er betrachtet sich im Spiegel, zieht das untere Augenlid herunter, etwas gerötet. Vorsorglich tropft er sich beide Augen ein. Manchmal sehe ich beinahe aus wie Curd Jürgens, denkt er. Der normannische Kleiderschrank, nur dass der blond war. Er hat schwarzes Haar, dunkelbraune, zweiundfünfzigjährige Augen eines Bären. Und Huda, die ähnelt dieser herzigen Sängerin mit dem Pagenkopf. Wie hieß sie noch gleich? Mireille Matthieu. Was war die im Sternzeichen? Er googelt: Zwilling, und sie war aus Frankreich.

„Hello Huda", bemüht er sein Englisch, „Yourstars, birthday?" Gott sei Dank, sie kapiert's.

„The Twins", verrät sie schmunzelnd. Ja, das könnte dann auch das Lächeln einer Französin sein. Die hat aber nicht so einen dunklen Teint. Dann halt aus Spanien. Direkt fragen wäre jetzt unpassend. Vielleicht erwartet sie dann mehr. Er ist Beamter, in situierten Verhältnissen, eine gute Partie sozusagen. „Man sollte sich das immer bewusst machen."

Ein Macho, der beim Putzen auch noch zusieht, denkt sich Huda in ihrer Landessprache. Ob der wohl politisch eher rechts steht? Vielleicht ist er ja ein wichtiger Kontrolleur bei seiner Arbeit. Wenigstens riecht sein Rasierwasser angenehm. Bilder gibt es hier nicht viele. Ein Poster zeigt einen Mann im Profil. Schwarzer Hut, ein roter Schal um den Hals geworfen. Von Toulouse-Lautrec, erkennt sie sofort. Die Uhr an der Küchenwand im Design mediterraner Kräuter. Sie wischt den Küchentisch trocken.

„And yourstarsign", fragt sie aus formellen Gründen. Dann kommt sie sich nicht so überwacht vor.

„Lion", kommt es, wie aus der Pistole geschossen. Sein Sternzeichen muss man einfach auf Englisch wissen, wenn man Curd Jürgens ähnlich sehen könnte. Das mit dem Horoskop würde jetzt wieder zu den Zigeunern passen und in Spanien sind sie ja auch. Die ziehen mit dem Jahrmarkt, sind Wahrsagerinnen und Artisten. „Zigeuner" dürfen wir ja jetzt nicht mehr sagen. Könnte sich wer beleidigt fühlen. Als Kind hat er sie einmal gesehen. Frauen in lilafarbenen und roten Pluderhosen und goldenen Sandalen, haben seidene Stoffe verkauft. Verwegen sahen sie aus in ihrer bunten Aufmachung, exorbitant.

Huda aber ist heute in Jeans und blau kariertem Hemd, die Ärmel aufgekrempelt. Fesch sieht alles wieder aus, nach zwei Stunden putzen. Der Kalender mit den Meisterfotos gefällt ihr. Die Romantik der irischen Landschaft. Ob er dort Urlaub macht? Sie wischt noch den Home-Trainer ab und ein Etui, vermutlich ist da ein Billard-Queue drinnen.

„Ready", sagt sie, packt ihre Sachen zusammen und steckt das Geld ein. Was wird der sonst in seiner Freizeit machen? Vielleicht schießt er Moorhühner ab oder strapaziert seine Nerven mit Tetris?

„Next Tuesday?"

„Sure."

Werner sinniert über Huda. „Sie sieht schon toll aus. Aber zu jung für mich." Was würden die Nachbarn sagen, wenn ich mir mit ihr was anfangen würde? Also, die vom Stammtisch haben was gegen Zigeuner. „Überall hinterlassen die nur Dreck, dann ziehen sie weiter im Mercedes." Und ihre Kinder wechseln dauernd die Schulen. Sind zu bedauern. Messerkämpfe, Eifersuchtsmorde, man hört da arge Sachen.

Vor dem nächsten Putztermin erfasst ihn eine Unruhe. Überall liegen seine Sachen herum, die erst weggeräumt werden müssen. Er beginnt Stück um Stück zu verstauen. Naja, im Kasten ist es auch nicht so, wie es sein sollte, „das Kramuri". Tür zu. In der Post waren ein paar Antworten auf seine Chiffre-Anzeige. Die Briefe ohne Foto wirft er gleich in den Mistkübel. Er sucht eine Frau, die sich nach ihm richten kann. Zu festgefahren ist er in seinen Alltagsgewohnheiten. Die Chemie sollte stimmen. Das meinen jetzt alle, weil's der Wahrheit entspricht. Eigentlich sagen die Fotos eh alles. Eins bleibt übrig von zwanzig.

„Reißt mich aber auch nicht vom Hocker." Er nimmt vielleicht morgen Kontakt auf. Seine Verflossene hat ständig gemeckert. Sie war Mitte Vierzig. Jetzt ist wieder Ruhe eingekehrt. Ab einem gewissen Alter kannst du mit denen nichts mehr anfangen, da sind sie nur mehr

„Keppelzahn", folgert er. In den letzten Tagen schleppte er sich zeitweise durch die Gegend. Nach Feierabend zu müde, um auszugehen.

Es klingelt. Seine Putzhilfe ist pünktlich, wie immer. Jetzt gehört sie schon fast zur Familie, kichert Werner in sich hinein. Von der Küche aus arbeitet sich Huda vorwärts, von Raum zu Raum. Manchmal denkt sie an ihre Heimat. „Es blieb uns nichts anderes übrig, als weiterzuziehen." Sie ist immens froh, hier zu sein. Wer weiß, ob sie je wieder zurück können, sie und ihre Familie. Unberechenbar sind die Erinnerungen, wenn sie sich ins Bewusstsein drängen.

Werner setzt sich auf seinen Hometrainer und radelt los. Moderates Tempo, die Trainingshose ist ihm zu knapp, verrutscht zeitweise. Neu und unbequem. Hudas Gesicht drückt Anerkennung aus, begleitet von „Super, super". Ist das jetzt für seine Aufräumaktion oder für die Fitnessübungen? Jetzt geht's aufwärts. Eine frische Brise in seinem Leben. Ein günstiges Horoskop.

Werner will Huda die Schlüssel geben, für den Fall, dass er nicht zu Hause ist.

„Sorry", das hat sie nicht erwartet. Sie gibt ihm zu verstehen, dass sie nicht mehr kommen kann. Macht eine entschiedene, kreuzende Handbewegung mit beiden Handflächen.

„Finished", erklärt sie. „I would like to invite you." Lächelnd streckt sie ihm einen färbigen Folder entgegen. „Moderne Kunst" in goldenen Lettern, Jugendstil - Huda Hussien, 28 Jahre alt, Bachelor Degree in Malerei aus Damaskus. Eine Liste ihrer Ausstellungen mit Datum, seit neun Jahren, in Syrien, Berlin, Canada, Budapest, und so weiter, bis Mallorca. „Exhibition in der Universitätsbibliothek in Graz" nächstes Wochenende. Werner muss noch überlegen, ob er nach Graz fahren soll.

Bingofieber

Ich bin der interessante Mittelpunkt, daher rührt sicherlich auch die Bezeichnung „im Milieu". Augenpaare heben sich ringsum in meine Richtung, blicken auf meine nackten Arme, mein Gesicht. Meine Wangen verkrampfen sich. Dann wieder senken sie sich zu ihren Staffeleien. Der Professor hat mich gebeten, in Pose zu gehen. Ein leichtes Lächeln meinerseits ist erwünscht.

„So, das Knie bitte noch ein wenig anheben. Sehr gut, danke Xavier." Die Malerin mit den blonden Locken sieht mich an. Ihre Augen wandern umher, auf meine spärlich behaarte Brust, zu meinen Schultern. Kurz treffen sich unsere Blicke, nur nicht allzu lange. Sonst wäre es peinlich. Wir dienen der Kunst, wir Modelle, also dem Intellekt.

Mein Magen knurrt leise. Nur das leichte Klackern der Utensilien kann man hören. Wischen auf den gespannten Leinwänden der Künstler. Wie ich wohl aussehen mag, aus ihren Augen betrachtet? Während jede meiner Körperfasern von den Zeichenstudenten rund um mich

beobachtet wird, dröhnt es in meinem Gehirn. Mein Plagegeist. Eigentlich müsste ich mich schuldig fühlen. Aber es war doch die Verkettung der Umstände, die mich hierher geführt hat. Ketten aus Stahl, die mich fesselten. Ich muss nur wieder etwas zu Beißen kriegen, dann wird es besser. Am Fünften, genau, am fünften Februar im Hinterzimmer dieser Spelunke. Eine Kabine, so klein wie ein Klosett, samtene, dunkelrote Vorhänge. Meine rechte Hand zieht unaufhörlich den Hebel, wie beim emsigen Workout im Fitnessstudio.

„Na komm schon, lauter Gleiche, fast ein Bingo."
Ich werfe meine letzten Münzen ein. „Kirsche, Pflaume, komm schon. Mach vier Gleiche. Vier

mal sieben, komm schon." Mein Horoskop hat es vorhergesagt. Die allerbesten Chancen, um horrend reich zu werden. Räder laufen, rasten ein, wieder nichts. Schon wieder drei Uhr morgens. Mit hängenden Schultern ziehe ich ab. Überaus freundlich grüßt mich ein bekanntes Gesicht am Ausgang. Der einarmige Bandit hat mich, im wahrsten Sinn des Wortes, ausgeraubt. Ein paar Münzen in meiner Geldtasche, sie reichen gerade noch für eine Schachtel Zigaretten. Da fällt mir ein, dass ich keine Zeit hatte, einzukaufen. Das Jagdfieber, ihr versteht? Die Jagd nach dem schnellen Geld, das alle Sorgen von mir nehmen sollte. Wo bekomme ich jetzt ein Frühstück her? Also meine Bankkarte kann gar nichts. Bis aufs Limit überzogen. Ebenso die Visa und das andere Plastikmoney. Bankomat spuckt nichts mehr aus. Alles ausgereizt, Geld kommt erst wieder am Monatsletzten aufs Konto. Und bis dahin, wie komme ich zu Bargeld? Am Wallensteinplatz schläft ein Obdachloser auf einer

Bank, eingerollt in seinem Schlafsack. Also anbetteln, so wie Penner es tun, könnte ich niemanden. Eher würde ich mir die Zunge abbeißen.

Ich komme in meiner Wohnung an, eine Augenweide. Alles blitzblank, meine teure Küche, alles auf Kredit. In meinem Kühlschrank liegt eine Tube Mayo und Senf, ein halb leergegessenes Frucht-Joghurt mit einer verschimmelten Haube. Vielleicht, wenn ich den Schimmel wegschöpfe. Ich bringe es nicht übers Herz, es zu essen und knalle es in den Mülleimer. Der Hunger plagt mich, mein Magen tut weh. Kann ein Magen eigentlich sich selbst aufessen? Ein paar Teebeutel finde ich in der Schublade. Einen Hagebuttentee, die Zuckerdose gähnend leer. Sollte ich meinen Vater anrufen? Er, als Pensionist, es wäre ein Leichtes für ihn, mir auszuhelfen. Ob er noch sauer ist auf mich? Allzu kränkend waren seine Worte bei meinem letzten Besuch. Da hat er mich hinausgeworfen.

„Du wirst in der Gosse enden", hat er gebrüllt. „Ziehst uns nur alle mit dir hinunter. Gefällt dir das, mit einem Fuß im Kriminal?" Ich brauche nur ein wenig Zeit, um mich zu erfangen. Bis jetzt habe ich es ja auch geschafft. Ohne fremde Hilfe.

Ein bisschen säuerlich, der Tee. Das nächste Mal nehme ich Kamille. Ich mache mich frisch, Duschgel und Eau de Toilette sind in Hülle und Fülle vorhanden. Auf dem Weg ins Büro gluckert es in meinem Magen. Lauter Flüssigkeit, ich werde Wasser trinken, Kaffee im Büro. Ich könnte jemanden anschnorren, Paul von der Buchhaltung möglicherweise. Als ich an seiner Tür vorbeikomme, verlässt mich der Mut. Ich versuche durchzuhalten.

„Dein neues Sakko sieht edel aus", sagt Kathrin und lächelt mich an. Wenn die wüsste, mein Portemonnaie ist leer, bis auf ein paar Cent. Die Bürolounge ist dunkel, aus ihren Fenstern sieht man durch den Lichthof in die Zimmer vis à vis. Als keine Gestalten zu sehen sind, durchforste ich den Kühlschrank. Außer ein paar Proviantdosen ist da noch ein Jausenbrot in Folie. Keiner wird es wissen, dass ich es genommen habe. Aber einer wird es vermissen. Ach was, ich entschuldige mich einfach nachher, wenn es einer merken sollte. Vielleicht denkt er auch, er hätte es bereits gegessen. Er oder sie. Rasch lasse ich es in meiner Sakkotasche verschwinden. Mein Puls rast, es ist wieder dunkel und still, die Kühlschranktür pumm fest zu.

Ein Liptauerbrot, supergut. Im Tagungsraum esse ich es begierig auf. Verstohlen, hoffentlich kommt mir niemand auf die Schliche. Wie komme ich zu Geld? Um fünf ist Feierabend. Ich mache mich auf den Weg ins Versatzamt. Am Schalter des Dorotheums sitzt ein Herr mit einer Schmalzlocke, dessen Klamotten an einen Beamten des Kaisers erinnern. Ernüchtert lege ich meine Taschenuhr auf das Pult.

„Ich möchte sie versetzen", sage ich. An der Kassa stecke ich die Scheine ein. Das Geld reicht für fünf Tage, um zu überleben. Dann darbe ich wieder, trinke Wasser, Tee, Kaffee und lechze nach etwas Essbarem. Im Internet sehe ich eine Annonce der Akademie. Für Aktmodelle gibt es um zwanzig Euro mehr pro Stunde, bar auf die Kralle. Ich stelle mich an das Gangfenster, mein Handy ans Ohr gepresst, und melde mich an. Am nächsten Tag, ja da könnte ich mir Zeit nehmen. Und da bin ich. Nur wenige Augenblicke von einer Käsekrainer am Würstelstand entfernt und von einer Coca Cola im Becher.

„Geht es ihnen gut", fragt der Professor, als ich mich ankleide. „Sie sehen blass aus."

„Aber ja. Ich brauche nur ein bisschen Bewegung",
sage ich. Als ich das Geld einstecke, kommt Leben
in die

Bude. Die Künstler tragen ihre Sachen vorbei. Ich
kann nur noch an eines denken: Essen, endlich
etwas zu essen.

„Ein Hotdog, bitte."

„Senf und Ketchup?"

„Alles", sage ich. „Und ein großes Cola." Paradie-
sisch, die Tür zum Himmel. Das beste Hotdog, das
ich jemals aß. Ich esse, schlinge. Das Cola läuft
runter wie Öl und kitzelt meinen Gaumen.

„Sie essen wohl besonders gerne", sagt plötzlich
eine Dame neben mir.

„Mhmmmm." Mit vollem Munde spricht man
nicht. Schon gar nicht zu einer blondgelockten
Dame, die – aus dem Zeichenatelier ist. Hastig
schlucke ich. „Wir kennen uns."

„Genau. Xavier, darf ich sie in ein Restaurant einladen", fragt sie und lächelt wieder. Es ist dieses hintergründige Lächeln, wie eben in der Akademie. „Gerne", stimme ich ein. „Ich könnte einen Bären aufessen."

Wir rufen Heinrich

Was Auwälder so alles können. Ich meine jetzt nicht, dass sie Sauerstoff produzieren, aus der nicht enden wollenden Kraft ihrer grünen Blätter. Sie laden Menschen zu sich ein. Mütter mit Kinderwägen, Senioren, die ihre Hunde spazieren führen. Gesprächige Nordik Walking-Gruppen, Biker, die durch den Wald rasen, Pilger, die Psalmen singend nach Maria Grün marschieren. Ja, sie beherbergen sogar die Verstorbenen.

‚Auf diesen Wegen wandelte ich mit Heinrich'. Für Ramona ist es, als wäre es gestern gewesen. Heinrich hatte eine Schwäche für historische und prähistorische Erkenntnisse. Er verschlang förmlich Fachzeitschriften und Dokus, die in frühere Epochen der Menschheit blicken ließen.

„Wusstest du, dass Druiden einst eine große Macht besaßen", fragte er mich. Rein rhetorisch, ich war ganz Ohr, wenn es um wunderliche Geschichten ging. Er erzählte mir von aktuellen Forschungsergebnissen rund um

Stonehenge, um feierliche Begräbnisriten. Nachgestellte Szenen aus der Jungsteinzeit ließen ein Event erahnen, das an moderne Freiluftkonzerte herankam. Filou hier lässt mich wieder in der Realität ankommen. Er läuft unbekümmert in die Büsche und schnuppert am Bärlauch. Beim Niesen zittert sein feines, rötliches Fell. Ich rufe ihn zurück, leine ihn an. Artig trippelt er neben mir her, den erdigen Waldweg entlang, mein süßer Zwergspitz. Eine Dame mit einer Turmfrisur, nach dem Stil der Fünfziger, kommt uns entgegen. Sie trippelt ebenso, auf roten Stöckelschuhen. Zu meinem Erstaunen knurrt Filou, als sie in seine Riechweite kommt.

„Ruhig, Filou!"

„Macht nichts", sagt sie und lächelt. „Er wittert die Geister."

„Ahja", sage ich und denke mir, dass sie irgendwie durchgeknallt ist. In diesem Aufzug im Wald unterwegs zu sein, wo man leicht stolpern könnte, über eine Baumwurzel, über eine Erderhebung. Und dann das mit den Geistern. Das Parfum, das ihr anhaftet, ist schwer.

„Gewisse Duftnoten mag er nicht", entschuldige ich ihn.

„Verzeihen sie", sagt sie. „Aber ich kann sehen, dass sie um jemanden trauern." Ein wenig irritiert bleibe ich stehen.

„Ja?" Ich sehe sie an und warte.

„Wenn sie es nicht eilig haben", sagt sie. „Kann ich ihnen erzählen, was ich mache."

„Vielleicht", sage ich. Filou zieht an seiner Leine und ich mache ein paar Schritte hinterher. „Wir gehen in diese Richtung." Sie stelzt neben mir, sieht mich von der Seite an.

„In meinen Sitzungen nehme ich Kontakt auf – zu Verstorbenen."

„Ist das so etwas wie eine Seance?" Das gibt es schon lange, ist nichts Neues. Heinrich hat es mir berichtet. Im Jugendstil, um 1900, die Jahrhundertwende, waren sie sehr beliebt. Besonders in oberen Kreisen, in welchen sich die Reichen und Berühmten die Zukunft vorhersagen ließen. Ob es das wirklich gibt, mit den Toten zu reden? Sie zu fragen, wie es ihnen ginge, dort drüben im Jenseits? Naja, ich habe noch nicht darüber nachgedacht.

„So in der Art. Es ist keine Show. Auf meiner Webseite können sie die Dankesworte lesen. Von all den Menschen, denen ich helfen durfte."

„Ja   sicher. Ich glaube ihnen." Was für einen Grund hätte ich, an ihr zu zweifeln. „Ich sehe es mir an." Als hätte sie darauf gewartet, streckt sie mir ihre Visitenkarte entgegen.

„Marga Mertens", lese ich laut. Ihr Studio oder wie man das bezeichnet, wo sie wirkt, befindet sich im vierten Bezirk. „Wie kann ich mir das vorstellen? Treffe ich sie dort an dieser Adresse?"

„Wie es ihnen angenehm ist", sagt sie. „Ich mache auch Readings vor größerem Publikum. Das wäre dann günstiger im Preis." „Verzeihen sie, ich habe mir ihren Namen nicht gemerkt." Ich zögere kurz. Soll ich sie in mein Leben hineinlassen, eine Marga, die eventuell nicht ganz dicht ist?

„Ramona", sage ich. Mit meinem Vornamen, ohne Nachnamen, ohne Adresse kann sie nicht sehr viel anfangen. „Ich überlege es mir. Ich rufe sie an." Filou und ich gehen durch die Eisenbahnunterführung und biegen in den Weg ab, der zum Ufer am Weiher führt. Sie verabschiedet sich und winkt selbstsicher, geht zur Hauptallee. Auf der betonierten Straße haben es ihre Stöckel beschuhten Füße sicherlich besser.

Ein Jahr ist er nun her. Der Tag, an dem ich Heinrich verlor. Ein Frühlingstag, von dem wir dachten, er mache uns glücklich. Wir brachen im Morgengrauen auf, fuhren nach Norden ins Weinviertel. Ein kleines Waldstück, einige Kurven, ein Hase lief uns vor den Wagen. Heinrich riss das Lenkrad herum, wir schlitterten die Böschung hinunter. Dann der Aufprall. Der Arzt sagte, er wäre sofort tot gewesen. Als ich die Augen aufschlug, den Baumstamm vor mir sah, meinen Mann anredete und rief. Da war er bereits weg, wer weiß wohin. So gerne hätte ich ihm noch ein paar Worte gesagt.

Der Gedanke an Frau Mertens mit ihrem absonderlichen Angebot lässt mich nicht los. Wenigstens könnte ich mir anhören, was es kosten soll. Am nächsten Tag nehme ich mein Handy und rufe sie an, als stünde ich unter einem Hypnoseauftrag. Das erste Channeling koste zweihundert Euro. Meistens nehme sie vor kleinem Publikum Kontakt mit Toten auf. Auch könne sie meinem Mann eine Botschaft senden. Gegen Erstattung der Unkosten, sie müsse schließlich das Atelier erhalten, Miete zahlen. Filou knurrt, als ich auf Lautsprecher schalte.

„Nana, Kleiner, sie ist weit weg. Keiner tut dir was." Sofort hat Marga Mertens einen Termin. Sonntag am späten Nachmittag. Dann kann ich mir noch überlegen, was ich fragen könnte. Wahrscheinlich ist er nur kurz zugegen.

„Ja sicher", sagt Marga. „Ein oder zwei Fragen sind üblich."

Ein abgedunkelter Raum. Dicke, dunkelgrüne Samtvorhänge verdecken die Fenster und enden auf dem Parkett, wie unförmige Pranken. Seit eh und je denken die Lebenden, dass ihre Lieben im

Jenseits vom Dunkeln angezogen werden. Von wegen. Dann eher von den flackernden Kerzenflammen, die auf dem silbernen Kandelaber in der Mitte des Tisches knistern. Von einem Beistelltischchen zieht Weihrauchduft herüber. Fünf Teilnehmer außer mir, zähle ich. Sie sehen erwartungsvoll, beinahe feierlich, zu Marga Mertens, die sich gemächlich an den runden Tisch setzt und beschwörend die Hände hebt.

„Wir rufen die Verstorbenen", sagt sie in monotonem Tonfall. Ihre Augen nehmen einen eigenartigen Glanz an, verdunkeln sich. Wie aus einer skulpturähnlichen Maske ruft sie die Namen. Unbestritten, sie hat sie auswendig gelernt. Nichts bewegt sich bei Nennung der ersten beiden Kandidaten aus dem Jenseits.

„Wir rufen Heinrich." Ein mulmiges Gefühl beschleicht mich. Das Blut weicht aus meinem Gesicht. Hoffentlich kippe ich nicht vom Stuhl. Es scheint nicht rechtens zu sein, die Toten zu stören.

Margas Augen weiten sich. „Ich höre dich, Heinrich", würgt sie hervor. Ich möchte etwas sagen, meine Stimme versagt mir jedoch den Dienst. Was sagt er, mein Puls galoppiert, meine Hände zittern auf der kalten Tischplatte. „Er lässt sie grüßen." Was weiter, was sagt er?

„Er rät ihnen, ihr Leben weiterzuführen, wieder froh zu sein. Es geht ihm gut." Ob ich irgendwelche Fragen an ihn hätte?

„Ohja", sage ich. Plötzlich löst sich meine Zunge. „Heinrich, wenn du mich hörst, dann bitte sag mir: warst du glücklich, damals mit mir?"

„Er sagt ja, unsagbar glücklich." Marga meint, er hätte sich entfernt, unverzüglich. Warum stellt mich diese Antwort nicht zufrieden? Die anderen Aufrufe folgen, mehr oder weniger sagen sie etwas. Es betrifft mich nicht mehr. Draußen im Flur höre ich Filou bellen. Marga beendet das Ritual, wir reichen uns die Hände. Das Tageslicht flutet den

Raum, von den gelöschten Kerzen zieht feiner Rauch in unsere Nasen.

„Du biestiges Vieh", höre ich Mertens erbost rufen. Mit schnellen Schritten bin ich im Vorzimmer. Mit ruckartigen Bewegungen versucht sie, Fllou eine rote Kartonmappe aus der Schnauze zu ziehen. Dieser knurrt bedrohlich und hält fest, als ginge es um sein Leben. Ich dränge mich vor sie, schnappe eine Ecke und sehe meinem Zwergspitz in die Augen.

„Gib", sage ich leise. „Gib, Filou!" Er lässt los, setzt sich folgsam. Fast sieht es aus, als lächelte er. „Brav, braver Hund!" Ich öffne die Mappe und lese meinen Namen.

„Nicht. Das dürfen sie nicht", schreit Marga und versucht, sie mir aus der Hand zu reißen. Ich drehe mich weg. Die Teilnehmer harren aus, einige halten ihre Mäntel und Jacken in Händen, gespannt, wie es weitergehen mag.

„Was steht drin", will eine neugierige Dame wissen.

„Moment", sage ich und lese weiter im Text. Notizen über mich, meine Gewohnheiten: „Spaziergang, meist um zehn mit Zwergspitz in den Praterauen, Heinrich Lose, ehemals Pilot, kam bei einem Verkehrsunfall ums Leben, Ramona Lose, Stewardess im Ruhestand."

„Meine Daten", sage ich vorwurfsvoll und wende mich Mertens zu. „Sie haben mich ausspioniert." Ein Stimmengewirr bricht an. Alle wollen etwas wissen von Marga Mertens, die gerade dabei ist, uns unsanft hinauszukomplimentieren.

„Adieu", sage ich. „Von mir bekommen sie keinen Cent." Filou und ich verlassen die Kleinkunstbühne. Eigentlich bin ich ihr nicht wirklich böse. Sie hat mich noch einmal an Heinrich erinnert. Vielleicht hätte es ihn amüsiert, das kleine Theater um seine letzten Grüße. Filou erhält ein Hunde-

Kekserl, zum Dank, dass er die Show vereitelt hat. Ob die anderen sie wohl anzeigen werden?

Nun ist er wirklich gegangen, mein Heinrich. Ich nehme sein Bild von der Kommode. Freundlich sieht er mich an, die Uniformmütze auf seinem Kopf. Auf einmal fühlt es sich metallisch an auf der Rückseite des Bilderrahmens. Ich drehe ihn um und entdecke einen Schlüssel, der in den Rahmen gesteckt wurde. So klein, mit schlichtem Profil, wie der eines Tagebuchs oder einer Zierkassette. Wo er nur passen könnte? Draußen bricht die Dämmerung an und ich suche noch immer. In Heinrichs Kleiderschrank finde ich eine kleine Schatulle, schwarz-weiß. Auf ihr ein Filmausschnitt, Humphrey Bogart, Ingrid Bergmann, mit romantischen Blicken. Der Schlüssel passt. Im Inneren klackert es gegen die Wände, ein Gegenstand. Mit flinken Fingern schließe ich auf.

„OOOch." Ein gelbgoldenes Armband blinkt mir entgegen. Darauf baumelt ein Anhänger, eine Taube. Kleine, blaue Edelsteine sind ihre Augen. Ein weißes Kärtchen liegt auf dem Boden der Kassette. Beinahe hätte ich es übersehen.

„Für Ramona – In Liebe", steht darauf. „Glänze noch einmal für mich, mein Stern."

Auf Kindesbeinen

„Gregor ist verschwunden", presste ich kurzatmig heraus. In der Wohnung meiner Eltern angekommen, ließ ich die Einkaufssäcke auf den frisch gewachsten Bretterboden plumpsen.

„Was meinst du mit verschwunden, Birgit?" Mama hatte strohige Haare an diesem Tag. In geblümter Kleiderschürze, die lose an ihr herunterhing. Sie war erst Mitte vierzig, Gregor ihr einziger, kostbarer Enkel. Dazu ihr aufgelöster, perplexer Gesichtsausdruck und die schrille Tonlage. Da fiel es mir schwer, noch Hoffnung aufzutreiben.

„Hast du gehört, Rudi?" Sie scheuchte Papa im Wohnzimmer auf. Ich erzählte, dass ich im Milchgeschäft nur noch die Milch, den Käse, die Semmeln in den Plastiktaschen verstaut hätte. Die Wartezeit war Gregor schier zu langweilig geworden. Inzwischen hatte er draußen, mit Karacho, die mit Kreide beschriebene Anzeigetafel umgeworfen. Rechts vor dem Eingang sprang er übermütig darauf herum. Kurz schrie ich aus der offenen Tür: „Hör auf damit!" Dann zahlte ich eilig und ging.

Gregor war wie vom Erdboden verschluckt. In der schattigen Allee waren kaum Menschen zu sehen an diesem Vormittag im Frühsommer. Ein kleines Kind wäre hier sofort ins Auge gefallen. Mit den eingekauften Sachen bepackt, rief ich ihn immer wieder, so laut ich konnte. Im nächst gelegenen, begrünten Innenhof das Echo meines Rufens. Alles menschenleer und still. Kurz tauchte der unheimliche Gedanke auf, er könnte in ein Auto gezerrt und entführt worden sein. Ich schob das düstere Bild blitzartig zur Seite. Hat er sich aus dem Staub gemacht, weil ich ihn angeschrien habe? Nie wieder werde ich mit ihm schimpfen. Ich konzentrierte mich auf das „Wo kann er sein?".

Papa hatte sich abrupt vom Fernsehapparat und der gemütlichen Eckbank getrennt. Im grünen Trainingsanzug mimte er den Beruhigenden. Nur keine Panik. „Hast du in allen Geschäften gefragt. Beim Wimberger?" Das war das Schuhgeschäft um die Ecke, fünf Minuten weiter. Ein Kleinkind konnte doch nicht so weit gegangen sein, oder? Er kannte sich gar nicht aus in Kaisermühlen. Wir wollten nur Oma und Opa besuchen, ein bisschen entspannt plaudern. Beflissen half mir Mama, ihn zu suchen. Sie fragte in der nahen Konditorei nach. Ich nahm den längeren Weg ins Schuhgeschäft. Jeder Schritt schien mir wie eine Ewigkeit. Meine Beine fühlten sich bleiern an, wie festgeklebt in zäher Honigmasse. Hätte ich mich doch hin beamen können, wie bei „Raumschiff Enterprise".

„Haben sie ein blondes Kind gesehen? Mit einer blauen Lodenjacke?" Mit der Handfläche zeigte ich die Körpergröße. Die Geschäftsleute schüttelten bedauernd die Köpfe. Ich klapperte alles ab. Was, wenn er gelaufen wäre. Dann hätte er die Trafik auf der anderen Seite der Gasse erreicht. Dieselbe kummervolle Frage an den Tabakverkäufer. Keiner hatte mein Kind gesehen. Von Unruhe geplagt, spähte ich in alle Hausflure und Einfahrten. Bis mir nichts mehr einfiel, wo ich ihn hätte suchen können. Mit flauem Magen, verschwitzt und durstig, machte ich mich auf den Rückweg zur elterlichen Wohnung. Vielleicht hätten wir ja zu Hause eine bessere Idee. Nur nicht die Geduld verlieren.

Mama riss die Eingangstür auf und strahlte übers ganze Gesicht.

„Sie haben uns angerufen. Rudi holt ihn gerade mit dem Auto ab." Gregor war auf der Polizeistation, oben beim „Straßl" gelandet. Das war einen Kilometer Fußweg von uns entfernt. Vor der Wagramer Straße endete unser Stadtteil, der zwei gut besuchte Sommerbäder sein Eigen nannte. Eine blonde Frau hatte den abenteuerlich dahin spazierenden Buben angesprochen.

„Bist du ganz allein? Wie heißt du denn?"

„Gega." Er unterhielt sich schon immer gerne mit freundlichen Leuten. Die Dame hatte ihn vorsorglich an der Hand genommen. Zur Wache gebracht, wo sie ihn in Sicherheit wusste. Dann wollte sie ihm ein Busserl geben, verklickerte uns Gregor später. Während er auf seinen Opa wartete, saß er auf einem hölzernen Drehhocker vor der Schreibmaschine und tippte lustige Worte. Zur Erheiterung der Belegschaft im Wachzimmer.

„Du darfst jetzt nicht auf ihn böse sein!" Mama schickte sich an, ihren Enkel vor mir zu verteidigten. Mit der Zigarette in der Hand, stand sie am Küchenfenster. Als Papa den hellgrauen VW Passat einparkte. Wie ein Held kehrte Gregor heim. Ich ging in die tiefe Hocke, als er zur Tür herein schritt. Wortlos schloss ich ihn in meine Arme und drückte ihn herzlich. Irgendwie war ich auch stolz.

Was er sich so traute. Plötzlich wirkte er gar nicht mehr so stark. Erleichtert fing er an, ein paar glucksende Tränen zu vergießen. „Jetzt dämmert es ihm", dachte ich, um eine Erfahrung reicher, und gab ihm einen Kuss auf die liebliche Wange.

Papa ließ sein schönes, sonores Lachen vom Stapel. Wackelte hin und her, wie eine im Bass brummende Boje im Wasser. Gregor, in seinem blühenden Kauderwelsch, hatte den Polizisten mitgeteilt, dass sein Opa auch so eine Kappe hätte. „Und so eine Pistole…" Da hatten die Kollegen nur eins und eins zusammen zählen müssen. Beim Gedanken, wie mein Kind allein die stark befahrene Hauptstraße überqueren konnte, stockt mir noch heute der Atem. Wahrscheinlich hatte sein tüchtiger Schutzengel bereits Muskeln wie ein Bodybuilder.

Love metender

Verschollen im Bermudadreieck. Das muss man sich einmal geben. Du tauchst ein in die schmalen, heimeligen Gassen. Bist im Öl, mehr oder weniger, gegenwärtig nicht mehr ansprechbar. Soweit will ich es gar nicht kommen lassen. Die Szene schluckt paarweise Partygänger, einsame Herzen, die sich ihren Liebeskummer wegtrinken wollen. Ausgeflippte Polterabende und Abschlussfeierlaunige, kurz gesagt: die Nachtschwärmer. Mich hat sie auch absorbiert, unlängst. Meine Kinder bekomme ich nur noch selten zu sehen. Sie haben ja ihre Mutter, wer braucht einen Vater heutzutage. Vermissen würde mich niemand.

„Die Gedanken sind frei." Meine Musikklasse hat mir ein Ständchen gebracht zum krönenden Abschied. Ist noch gar nicht so lange her, da war ich Lehrer. Und ich bilde mir ein, ein guter. Auf die

Beweggründe kommt es an. „Werdet musikalisch",
habe ich meiner Klasse gesagt. „Musik zu machen,
ist nicht bloß ein Zeitvertreib. Sie bereichert unser
Leben." Der Jugend Stärke zu geben. Damit sie
zum Sprung ansetzen können. Das macht einen
guten Lehrer aus.

Wenn sie von links kommen und durch die un-
spektakuläre Glastür treten, sind sie aus dem Kra
Kra, meistens Studenten. Selten betrunken, meist-
redend. Die von gegenüber strandeln öfters über
Randsteine, der Rote Engel soll sündig klingen.
Livemusik wie bei uns, zu extravagant die ihre,
heute nicht mehr so angesagt. Der Gehsteig ist hell
erleuchtet, im Inneren der Lokale drücken sich in
gewolltem Schummerlicht allerhand Leutchen an-
einander. Randvoll hier bei uns, im Casablanca.
„Zwei Campari Orange, ein Bier, kommt sofort."
Ich drehe mich zur Bar. Beeile mich, die Gläser zu
füllen, ein Bier aus der Zapfsäule. Zwei Schillige

Trinkgeld, „danke". Mehrere Hände winken, wollen hurtig bestellen. Ich beuge mich zu ihnen, sie schreien mir ins Ohr. Deutlich, sprecht deutlich.

„Einen roten Gespritzten, zwei Weiße, ein Cola, drei Salzbrezeln, gut."

Der Livesänger auf seinem Hocker hat zottelige, dunkle Haare. Er schüttelt sie von Zeit zu Zeit, singt innige Elvis-Songs ins Mikro. Seine Gitarre sitzt lässig auf seinem Knie. Er strengt sich an, Schweiß trieft von seiner Stirn. Er gibt alles. Sein verliebtes Gefühl, seine Leidenschaft, rot und laut heulend.

Musikpause, eine Dame dreht sich enttäuscht am Absatz. Stimmen brabbeln sich Geheimnisse zu, Freunde amüsieren sich schallend. Fast wäre dem dort das Glas aus den Händen gekippt. Er biegt sich vor Lachen. Der am Ende des Tresens, den kann nichts aufmuntern. Er steht schon dort, seit wir geöffnet haben, mit trüber Miene. Ich wende mich der Arbeit zu, wasche Gläser und stelle sie in die Stellage. Rasch, alles muss rasch gehen. Hier will keiner warten, schnell was zu trinken her. Die Chose muss weitergehen, Gespräche sollen in Fluss bleiben. Die illustre Stimmung darf nicht abreißen. Theodora kommt von draußen rein, endlich Verstärkung. Weil sie die Chefin ist, steht es ihr frei, zu arbeiten, wann sie Lust darauf hat.

„Na, Alec, habe ich dir gefehlt", sagt sie und lächelt ironisch, bevor sie loslegt. Bierchen für die in der Ecke, an der Garderobe. Nein, chinesiches Bier führen wir hier nicht. Eine Gulaschsuppe, zwei Eiaufstrichbrötchen. Sie drückt sich hinten an mir vorbei. Wie zufällig, streift sie mein Hinterteil. Zwei Tequila, ein Mineralwasser für das Paar vorne. Fürs Erste sind alle versorgt.

„Eine Melange", sagt der Traurige.

„Sofort, der Herr", beeile ich mich. „Kummer gehabt?" Er sieht zu, wie ich den Einsatz mit Kaffeepulver vollstopfe und in die Halterung einhake. Dann der aromatische Dunst, der sich in Fuselschwaden und Zigarettenqualm auflöst.

„Sie werden das auch nicht hören wollen", sagt er. „Alec, gell?"

„Aber ja", sage ich. „Alec will das hören." Sollte aufmunternd sein, doch er verzieht keine Miene. „Sind es bei ihnen auch die Schlafstörungen?"

„Ja, woher wissen sie das", wundert er sich.

„In mir haben sie einen Leidensgenossen. Darum bin ich hier, wie geschaffen für die Nachtschicht."

„Ich glaube, ich habe tagelang durchgemacht. Dazwischen kaum gepennt. Meine zuckersüße Lady, eine Liebe ohne Hoffnung", sagt er trocken.

„Sie vermissen sie?"

„Die Ungerechtigkeit", sagt er bestimmt. „Ich kann sie nicht ertragen. Das alles ist so himmelschreiend ungerecht." Eine Träne läuft über seine linke Wange. Bald ist sie an seinem herabgezogenen Mundwinkel angekommen. Er zückt ein grünes Papiertaschentuch und betupft die Stelle.

„Wollen sie darüber reden", frage ich. Eigenartig, ich bediene mich des Repertoires der Psychologen und Therapeuten. Eine innere Stimme, ein heller Fleck, sagt mir, dass es gut um ihn steht. „Seine Zukunft wird klar erleuchtet", geht mir durch den Kopf, als hielte einer ein Transparent hoch. Nach einer Weile sieht er von seinem leeren Whiskeyglas auf und klagt. Bemüht, die Beherrschung mitsamt sachlichem Ton zu wahren, erzählt er. Von seiner verheirateten Liebschaft, die ihren Angetrauten nicht verlassen wolle. Geduldig höre ich ihm zu, während ich rätsle, worin denn ein Fortschritt eintreten könnte. So ist das mit Eingebungen. Sie scheinen zunächst unlogisch, undurchführbar. Doch haben sie sich in der Vergangenheit des Öfteren als wahr erwiesen, meine Vorahnungen. Dann also hätte er eine Chance, dass sich seine Angelegenheit zum Besseren wenden würde.

„Alle nennen mich Balou", sagt er. Seine Mundwinkel zucken ein wenig. Er versucht ein Lächeln. Ich nicke ihm zu und frage ihn, ob er einen weiteren Kaffee möchte.

„Sie sehen sportlich aus", sage ich anerkennend. „Aber ihre kräftige Statur wäre schon bei Balou angesiedelt."

„Alles zielgerichtetes Workout", sagt er. „Wenn du ein Fitnessstudio hast, musst du mit gutem Beispiel vorangehen. Das bringt Kunden."

„Und dort hast du sie kennengelernt?"

„Ja, dort. Sie buchten einen Personal Trainer, der ihren Mann aufbauen sollte." Der kam gerade aus der Reha. Sie bekniete ihn, zu Hause weiterzumachen, seine Muskelschwäche zu überwinden. Balou sah sich also den Patienten genauer an. Er legte seinen Fragebogen auf die Anrichte, von der aus man in ihre Küche sehen konnte. Mit seinen Tests fühlte er sich etwas unzureichend vorbereitet, angesichts der medizinischen Indikation.

„Es geht nur um den Muskelaufbau", sagte sie. „Die Ärzte haben es auch befürwortet. Egal welches Training, haben sie uns gesagt." Gaston, der Kunde, war mürrisch bei der Sache. Er saß im Rollstuhl, die Arme lagen schlaff auf seinen Oberschenkeln.

„Glaub mir, ein Klient mit denkbar schlechten Voraussetzungen. Status Null, was Kondition und Motivation betrifft." Balou testete die Muskelgruppen seines Oberkörpers, schlug Übungen für Arme, Rumpf und Halsmuskulatur vor. Wallerie, die die Initiative ergriff und mit wackerem Humor voranging, begleitete ihn hinaus. Vor dem Reihenhaus in Donaustadt berieten sie, ob es denn Sinn mache, ihren Gatten zu trainieren, und wann.

Ihr Date in einem schattigen Gasthausgarten war der Auftakt. Balou und Wallerie befanden sich in einer Romance, ehe sie sichs versahen. „Ich kann nicht

ohne sie sein", sagt er. „Aber inzwischen zweifle ich an ihren Gefühlen für mich. Es zerreißt mich innerlich."

„Du bist doch der Trainer ihres Ehemanns. Gaston, richtig?"

„Das hat sich gar nicht erst ergeben." Gaston lehnte weitere Trainingseinheiten ab. Er saß nach einem Unfall im Rollstuhl und wäre, so berichtete sie, sehr ekelhaft zu ihr. Sie hätte ein schlechtes Gewissen bei dem Gedanken, ihn im Stich zu lassen.

„Nur darum bleibt sie bei ihm, hat jedoch kein Leben an seiner Seite."

„Entschuldige, wenn ich das so frei heraus sage. Und auch das mangelnde Mitgefühl. Der

Mann sitzt im Rollstuhl. Ihr könntet euch weiterhin heimlich treffen."

„Sie sagt, es stünde schlechter um ihn. Überlegt, ob sie ihn überhaupt noch alleine zu Hause lassen könne."

Ich rede ihm zu, als ginge es um mein Wohlergehen. Man solle die Hoffnung nie aufgeben, hat er sicherlich schon öfter gehört. Er dreht den Kopf zur Seite und senkt die Augenlider. Ich sollte ihm reinen Wein einschenken.

„Ich konnte es sehen", sage ich. „Innerlich. Es ist so ein Gefühl. Es wird alles gut für dich." Er richtet die Schultern gerade, ordnet seine Frisur. Streicht sich mit den Zeigefingern über die Augenbrauen.

„Glaubst du? Ja, danke, ich glaube, du bist ein ehrlicher Mensch." Balou wankt, als er vom Barhocker aufsteht. Er zieht eine goldene Geldklammer aus der Innentasche seines Sakkos und legt die Zeche samt Trinkgeld auf die Theke. Beim Hinausgehen hält er dem Livesänger die Türe auf, der sich mit dem Gitarrenkasten hinauszwängt. Vier Gäste zähle ich. Wenn der Betrieb dünner wird, setze ich mich gerne ans Piano und spiele ein paar Takte.

„Love metender", wünscht sich der kleine Schlanke und zeigt auf wie ein Schuljunge. Musikwünsche werden sofort erfüllt, andere dauern etwas länger.

Theodora hat knochige Hände. Von meinem Musikerplatz aus, hinter dem hüfthohen Schranken, an dem sich das Publikum anzulehnen pflegt, betrachte ich sie. Ihre langen, spitzen Fingernägel halten eine Martiniflasche, geierartig verkrampft. Hoffentlich geht sie mir nicht an die Wäsche. Gestern hatte ich da so ein ungutes Gefühl im Rücken. Ihre aschblonde Perücke ist verrutscht und sie merkt nichts davon. Jeder weiß, dass es nicht ihre Haare sind. Weil kein Mensch seine Haarfarbe in kürzester Zeit ändern könnte. Doch was kümmert mich das. Vielmehr möchte ich wissen, ob ich mit meiner Ahnung, den bekümmerten Balou betreffend, Recht hatte. Ich klappe den Pianodeckel zu. Die Gäste aus dem ersten Stock traben die Metallstiege herunter.

„Hey, hey Wickie", wird lauthals gesungen, bevor das Casablanca schließt.

Der Tag, an dem sich meine Vorahnung als wahr herausstellte, war ein Feiertag. Zwei Uhr und ein paar zerquetschte Minuten, dann komplimentieren wir unsere Gäste hinaus. Theodora schiebt im Obergeschoß die Tische. Den Rest, das Abwischen den Tische, Zusammenkehren mache meistens ich. Achso ja, wie könnte sie. Ich habe schließlich den Besen in der Mangel, zupfe angeekelt die Haare aus den

Borsten, bevor ich weitermache. Markante Szenen, sie versüßen mir den Alltag. Bei Anbruch der Dämmerung kamen sie vorbei, Balou und seine Flamme. Er legte den Arm um ihre Schulter und drückte sie wiederholt an sich, während er: „ich darf das Alec doch erzählen?" voraussetzend, meine Spannung aufs Äußerste trieb.

„Wartet bitte kurz, bin sofort wieder bei euch." Hastig fertigte ich die aufgegebenen Bestellungen ab.

„Ach, Theodora, bitte kannst du ausnahmsweise die Brezeln selbst nach oben bringen, Tisch neun? Bitte!"

„Er hat sich verraten. Gaston. In einem Moment der Unachtsamkeit."

„Wirklich? Was war?"

„Walli kam früher nach Hause. Sie bemühte sich, leise zu sein, weil er doch um diese Uhrzeit sein Powernapping hielt." Walli kicherte und hielt sich jungmädchenhaft die Hand vor den Mund.

„Und da stand er vor dem Wandregal, kein Rollstuhl in Sicht, und fischte sich ein Buch heraus." Sie lispelte ein wenig und streichelte Balous Oberarm.

„Um es noch deutlicher zu sagen: er machte auch ein paar Walzerschritte", ergänzte Balou. Wallerie beobachtete ihn vom Esszimmer aus. Als sie sich räusperte, huschte er zu seinem Rollstuhl, ließ sich hineinfallen und deckte die Beine zu.

„Dann ist ja alles klar", sagte ich.

„Es gibt absolut keinen Grund mehr, Gaston zu pflegen", sagte sie. „Wir sind frei."

„Du hast ein verborgenes Talent, Alec." Er sprach von der Nützlichkeit meiner Fähigkeit. Was man damit so alles anfangen könnte, wenn einer sehen könne, was die nächsten Tagen bringen.

„Ach Quatsch", sage ich, mache unbewusst eine Wegwerfbewegung. „Es war ein Freundschaftsdienst. So etwas ist nicht abrufbar, wie etwa eine Bestellung an der Bar."

Theodora reißt mich aus meinem Erfolgsszenario. Ihre Perücke des Tages ist blonder Bob. Sie fasst sich luftig an die Seiten.

„Mach dann auch Schluss, Alec", sagt sie. Klimpert mit ihren langen Wimpern und bläst die Backen auf.

„Mach ich. Danke, dass du das heute übernommen hast. Du weißt schon."

„Wenn ich dir einen Gefallen tun kann…" Beim Vorbeigehen gibt sie mir einen Klaps auf den Hintern. Die wäre leicht zu haben, glaube ich. Turnt mich aber nicht wirklich an, zu bestimmend. Nicht mein Kaliber. Wenn ich nicht aufpasse, verspeist sie mich glatt als Garnierung zum Abendbrot.

Barbara setzte dieser nahezu unerklärbaren Begebenheit noch eins drauf. Nach einer halbjährigen Abstinenz trudelte sie eines Nachts wieder ein. Ihr Studium hinge an einem seidenen Faden, erklärte sie mir. Sie quälte sich durch schier endlose Fachliteratur der Theaterwissenschaften.

„Ich glaube, so ziemlich jeder in diesem Fach hat mir etwas voraus", seufzte sie. „Allein mein gutes Aussehen hat mich über die Runden gebracht." Eine Professorin hätte sie auf der Weste, meint sie. Sie wird fahl, je mehr sie davon erzählt. Automatisch schenke ich Glas um Glas ein, das linke Ohr ihr zugewandt. „Alles wird gut", denke ich, als hätte ich eine innere Instanz danach gefragt. Da sprudelt es auch schon aus mir heraus.

„Es ist noch nicht aller Tage Abend", sage ich. Ungläubig sieht sie mich an und nippt an ihrem Cocktail. Im Drang, etwas weiterzubringen, rede ich ihr zu. Man müsse an sich selbst glauben, sich nicht entmutigen lassen.

„Ich weiß es, gefühlsmäßig", sage ich und nicke ihr zu.

„Wirklich", fragt sie. „Es wäre zu schön, um wahr zu sein. Nun bin ich fast fertig mit dem Studium und jetzt diese Gurke. Die mir alles versaut."

„Es wird besser, als du denkst", sage ich. Dann schwappt ein Schwall von Nachtschwärmern an die Theke. Theodora und ich haben alle Hände voll zu tun, um ihre Bestellungen entgegenzunehmen. Als sich der Raum lichtet und die Gäste in die Nacht hinausziehen, fällt mir Barbara ein. Ob ich erfahren werde, wie es mit ihrem Studium weitergeht? Tja, wer weiß das schon. Wenn ich mich geirrt haben sollte, habe ich dennoch versucht, sie aufzubauen.

Ein paar Wochen später schneit sie mit ihrer Clique herein. Im Gelächter der Feierlaunigen zwinkert sie mir zu.

„Mein Glücksbringer", schreit sie mir angeheitert zu.

„Das musst du mir unbedingt näher berichten. Vielleicht später, wenn der erste Schwung bedient ist." Barbara wechselte das Studienfach und schrieb ihre Masterarbeit mit einem neuen, faszinierenden Thema. Eine Studentenverbindung brachte es ans Licht. Den Korruptionsskandal, der das Semester bewegte. Die Professorin, die Barbara das Leben schwer gemacht hatte, wurde plötzlich suspendiert. Sie hatte gute Zeugnisse gegen Bezahlung ausgestellt. Barbara wirkt wie verwandelt. „Mein Held", verkündet sie, mit Präsentationsgeste in meine Richtung. Das ist mir nun alles ein bisschen zu dick aufgetragen.

„Ach bitte, das ist mir peinlich. Kein Anlass, es an die große Glocke zu hängen. Es waren nur die tröstenden Worte eines Alkoholverkäufers."

Zu spät. Es spricht sich herum, dass ich Glück brächte, ja sogar in die Zukunft sehen könne. Eine Art Sprechstunde entwickelt sich, Konsultationen bei mir kommen in Mode. Es spült jede Menge Quasselstrippen an, die sich ein günstiges Omen von mir versprechen.

Dann der Artikel in der Boulevardzeitung. Als hätte ich nicht schon genug um die Ohren. Ein Kommentator interviewt die Erfolgskinder im Aufwind. Allesamt gecoacht von mir, dem Erfolg vorhersagenden Wunderwuzzi.

Ich lege die Zeitung auf das Pult. Theodora weiß es schon. Sie war es, die mir den Artikel mittags vorbeibrachte. Voll der Freude, was für eine Werbung für ihr Lokal. Ihre Augen himmelten mich an, als wäre ich plötzlich Filmstar geworden. Ich schlichte die Bierflaschen in den Eisschrank. Campari muss nachgefüllt werden, in die kopfüber hängende Flasche. Irgendwie fühle ich mich kraftlos und leer, also keine Privataudienzen für heute. Hoffentlich will keiner was von mir, ich will einfach nur meine Arbeit machen. Ein Brummen setzt an vor der Glasfassade in der Gasse. Fingerknöchel klopfen ungeduldig an die Glastür. Ihre Gesichter sind allesamt lachend, grinsend, die gleißende Sonne, eine stürmische Welle.

„Was ist", fragt Theodora, die aus dem Waschraum um die Ecke kommt. „Willst du nicht aufsperren?"

„Ich glaube, wir müssen Personenschutz anfordern", gebe ich zu bedenken. „Die passen hier gar nicht alle rein. Die Feuerpolizei wird…"

Sie hat es getan. Mit einem Ruck hat sie die Türe aufgerissen und alles stürmt herein.

„Oh nein", rufe ich. „Was machst du im obersten Stock. Wir müssen als Team hier bleiben, die Stellung halten. Sonst können wir den Ansturm nicht bewältigen." Da ist sie schon abgetaucht, die Wendeltreppe hinauf. Die Menge hat keine Gesichter mehr. Sie hält mir Mikrophone vor die Nase, leuchtet mir mit Scheinwerfern ins Haar. Wie konnten die nur so rasch ihr Set aufbauen? Abwehrend hebe ich die Hände.

„Herrschaften", ersuche ich. „Seien sie doch vernünftig. Wir überschreiten die feuerpolizeilichen Vorgaben. Das Lokal ist nur für hundert Personen ausgelegt." Fragen über Fragen an mich, sie gehen im Lärm der Masse unter. Aussichtslos, es ist aussichtslos, diese Meute zu bändigen. Einige sind auf die Hocker gestiegen, damit sie besser zu mir durchdringen können. Eine Dame steht rechts auf der Schank und will wissen, ob ich Astrologie beherrsche. Ich betätige den Schalter, der die Scheiben an der Fassade zur Seite bewegt.

Frischluft dringt herein und mildert meine Beklemmung.

Ich greife zum Telefon und rufe unseren Sicherheitsdienst an.

„Was", fragt er am anderen Ende. „Ich versteh nix. Bitte nennen sie mir ihren Namen und wo wir hinkommen sollen."

„Alec Winston, Barkeeper im Casablanca. Wir müssen das Lokal räumen." Er scheint verstanden zu haben, Gott sei Dank. Ein Mikro schlägt mir den Hörer aus der Hand. Jetzt reicht's mir. Ich sollte mich in Sicherheit bringen. Ich drehe mich zum Fluchtweg. Nach hinten ist nicht, da wären die Waschräume, ich säße in der Falle. Hinauf, das obere Stockwerk.

Dort denke ich mir später etwas aus. Ich zwänge mich an Oberarmen und Schultern vorbei. Wenn ich hier unversehrt hinauskomme, buche ich einen Flug nach Thailand. Ins sorgenfreie Ausland, wo thailändisch gesprochen wird. Rasch, die Treppe hoch, zwischen den Köpfen kann ich Theodora erkennen. Sie hat Klammern in ihren Haaren. Mein Fuß stößt an ein weiches, fellartiges Teil. Eine rotlockige Perücke. Ich fische sie mit den Zehen, schupfe sie hoch. Das könnte gehen, eine Verkleidung… Chefins Haarteil. Ich ducke mich in die Menge und erhebe mich, mit frisch gebackener Frisur. Genüsslich streiche ich über meine Locken. Kein Mensch scheint sich für mich zu interessieren, als ich mich durch die Menge kämpfe und wortlos zur Türe hinausspaziere.

Ein vielversprechendes Miststück
#schockalarm

Mit einer vernichtenden Fracht beladen, besteigt Ralph das weiße Flugzeug mit dem Fünfstern am Rumpf. Westwärts Richtung Wiener Reichsbrücke, lautet der Einsatzbefehl der Amerikanischen Airforce an diesem sonnigen Morgen im März 1945. Er pfeift vor sich hin, als er die dunkle, ellenlange Bombe über der Wiese neben der Donau abwirft, registriert keinen Einschlag. Das wird eine von diesen Blindgängern sein, die nicht hoch gehen, sagt er sich. Aus den anderen Fliegern im Geschwader werfen sie ohne Unterlass ihre ohrenbetäubenden Geschoße, die tiefe Narben hinterlassen.

Ein neuer wolkenloser Himmel zeigt sich am Morgen in Kaisermühlen. Lautstark hüpft Walter die

Stufen hinunter und fährt sich mit den Fingern durch die dunklen Haare. In den Ferien muss er nicht so brav sein. Anni Stoik putzt gerade eifrig das Geländer in der Stiege 21.

„Darf Silvie runter", fragt Walter. Sie lässt ihre Tochter ziehen, bis Mittag. Silvies kleiner Bruder hat es eilig. Er will auch mit. Umständlich versucht Norbert, sich anzuziehen, nicht schnell genug für Silvie.

„Sei zum Essen wieder da", ruft Anni hinterher, als Silvie mit schlenkernden, blonden Zöpfen und Walter im Häuserdurchgang verschwindet, zum Glück ohne Norbert.

Leo turnt gerade auf der Klopfstange im Hof, Felge-Aufschwung. Walter und er wollen auf die Donauwiese, Ritter spielen. Ein ungutes Gefühl beschleicht Silvie, dann ein leises Rauschen im Ohr. Sie ist dagegen, möchte lieber zum Schilf am Kaiserwasser, Hütten bauen im Gebüsch. „Papperlapapp, flaues Gefühl, wir haben Ferien", meint Walter unternehmungslustig.

Dann überqueren sie die Schnellstraße und den begrünten Damm zum Überschwemmungsgebiet, drei fröhliche Gestalten. Das ist ihr weites, üppiges Königreich. Vom anderen Ufer der Donau kann man die imposanten Kirchtürme mit ihren roten Ziegeldächern sehen. Ihr Schloss, betrachtet aus bunter Phantasiebrille. Das tiefe Tuten eines Schiffshorns klingt vertraut drüben am Fluss, bevor die Schiffe die Reichsbrücke passieren. Weiter unten am Ufer hat das fahrende Volk seine Zeltlager aufgeschlagen. Silvie rupft Sauerampfer ab und kaut genüsslich vor sich hin.

„Das müsst ihr auch probieren", lädt sie die anderen ein. An der Böschung der dicht bewachsenen Bombenkrater haben sich Weiden breit gemacht. Leo ist Freiherr von Gent, mit roten Locken und einem Taschenfeitl ausgerüstet. Er schneidet Zweige vom Strauch, bearbeitet sie zu Stöcken.

„Komm, wir fechten", ruft er Walter zu. Mit gekreuzten Klingen fuchteln sie kreuz und quer, hin und her auf der Wiese. Leo tritt zurück, steigt auf einen Maulwurfhügel, plötzlich ein blecherner Klang unter seinem Absatz. „Da is was!" Er kratzt die Erde weg, schiebt eine Hand voll zur Seite. Rostig und flach kommt Metall zum Vorschein, das muss alt sein. Leo klopft mit dem Fingerknöchel darauf.

„Da ist was drin. Könnte eine Schatzkiste sein", freut er sich. Walter meint lachend, das Zirkusvolk könnte wohl seine Kasse vergraben haben.

„Lasst doch die Schatzkiste", meint Silvie. Sie hat einen Marienkäfer gefunden und singt ihm ein Lied, nach altem Brauch. Walter und Leo sind ganz bei ihrem verheißungsvollen Traum. Mit bloßen Händen wühlen sie in der festgetretenen Erde. Sie brauchen etwas Stabileres. Mit Hölzern kommen sie besser voran, ihren Fund zu bergen. Eine Kiste ist das nicht, ein längliches Ding kommt zum Vorschein. Ein Rätsel, jetzt wollen sie es wissen, sie graben weiter. Da stimmt etwas nicht, merkt Walter und hält inne. Plötzlich dämmert es ihnen, es sieht aus wie eine Bombe. Weg damit, weit weg. Walter hebt sie hoch, schleudert sie mit aller Kraft von sich.

„Weg hier, lauft!" Kinder, Erdklumpen und Grasfetzten stieben auseinander. Eine Explosion, die alles in ihrer Nähe zerreißen will.

Als das Unding detoniert, lässt Anni Stoik den Putzeimer fallen. Das erkennt sie schlagartig, Bomben über Wien. Da war sie noch ein Kind. Sie rennt erschrocken los, bleibt erstarrt vor dem Häuserbogen stehen. Von der Donauwiese her läuft ein Kinderkörper auf sie zu. Blankes Entsetzen ergreift sie, er hat keinen Kopf. Am anderen Ende des Durchgangs bricht er entseelt zusammen. So ein blaues Hemd hat Walter angehabt. Sie brüllt los: „Helft! Helft uns! Ruft die Rettung an!" Fenster über ihr waren aufgegangen, ruckartig. Nachbarn laufen zusammen, schreien wild durcheinander. Einer rennt zur Telefonzelle.

Um Himmels Willen, wo ist Silvia? Was ist mit ihrer Tochter? Hastig besteigt sie mit zittrigen Knien den Damm, sucht das Gelände mit bestürzten Blicken ab. Ein großer Erdkrater hatte sich aufgetan. Silvie findet sie neben einer zerfledderten Weide auf der Erde, eine klaffende, blutende Wunde am Unterarm. Tränennasse, völlig aufgelöste Gesichter schreien. Leo hat die Augen weit aufgerissen, starrt ungläubig auf die schmerzenden Verletzungen an seinem Bein. Er kann nicht mehr aufstehen.

„Gleich kommen die Sanitäter", „Alles wird gut", verspricht Anni, läuft von einem zum anderen. Am Rande ihrer Nerven versucht sie, die Kinder und sich selbst zu beruhigen. Silvie konnte sie gar nicht hören, erzählt man ihr später im Krankenhaus.

Die Schlagzeilen im Kurier berichten an diesem Tag im August von einem toten und zwei schwer verletzten Kindern im Alter von acht und neun Jahren. Ralph aus Massachusetts, hoch dekorierter ehemaliger Kampfpilot, hat nichts davon mitgekriegt, auf der anderen Seite des Atlantiks.

Nicht ohne unsere Schwester

Sie strahlte eine gewisse Autorität aus. Wenn sie die Werkstatt betrat, musste man einfach Respekt vor ihr haben. Ihre gerade Haltung, der unbeweglich aufgerichtete Rücken, die stolze Haltung ihres Kopfes. Die perfekt in Form gebrachte, gerade gestutzte Kurzhaarfrisur. Alles zeugte von verlässlicher Tüchtigkeit. Eine Dame über der Mitte ihres Alters, die hält, was sie verspricht. An diesem Mittwoch erzählte sie mir ihre Story exklusiv.

Wir saßen einander gegenüber und falzten Folder, die für ein Seniorenheim warben. Unsere Falzhölzer strichen automatisch über die Kanten, wie gut in Schuss gehaltene Maschinen. Christa K. und ich fühlten uns als Experten im Team der kleinen Druckerei am Rande der Stadt. Wie uns auch unser Meister immer wieder zu verstehen gab. Wir wurden geschätzt, was sich zusätzlich in der monatlich ausbezahlten Prämie niederschlug. Christa bekam ein wenig mehr als ich. Zum ersten Mal hörte ich Unsicherheit in ihrer Stimme, ja Sorge. Ihr Gesicht war glatt, keinerlei Falten verrieten, dass sie im Jänner fünfzig geworden war. Lediglich ihre Zähne waren ein wenig verfärbt, nicht besonders gepflegt. Das kommt in Arbeiterkreisen jedoch häufiger vor. Schöne Zähne kosten eben Geld.

„Glaubst du, sie zeigen mich an", fragte sie heiser. „Was ist, wenn ich verhaftet werde?" Ich fühlte mich geschmeichelt. Christa K. bat mich um Rat. Ich wusste um ihre Spielleidenschaft.

Auch ihre beiden Schwestern, die sie als übergewichtig schilderte, fanden ihre große Leidenschaft im Glücksspiel.

„Das liegt bei uns in der Familie", sagte sie. „Wahrscheinlich wird es vererbt." Christas Bredouille nahm im Casino in der Innenstadt ihren Anfang, als der Morgen anbrach. Sie und ihre ältere Schwester hatten ein bisschen Geld gewonnen, beim Roulette und am Spieltisch. Sie lösten ihre Jetons ein und schauten noch auf der Toilette vorbei. Am Waschbeckenrand stand ein kleiner, schöner Rucksack vergessen herum. Neugierig durchsuchten sie ihn.

„Den Rucksack behalten wir uns. Das Geldbörsel geben wir beim Pförtner ab", bestimmte Christa. Eineinhalb Stunden später klingelten zwei Polizisten an ihrer Tür. Christa wurde blass, als sie es erzählte. „Ich habe zugegeben, dass ich den Rucksack mitgenommen habe", sagte sie. Der Besitzer hatte jedoch behauptet, dass eine dreistellige Summe in seiner Geldbörse gewesen sei. Siebentausend Schillinge, die sie entwendet haben soll.

„Kannst du dir das vorstellen? Jetzt steht Aussage gegen Aussage."

„Sie werden dir glauben", sage ich mit fester Stimme, gegen den Arbeitslärm ankämpfend. Der Geräuschpegel der Druckerpresse verebbte. „Du bist unbescholten, hast früher in der Buchhaltung gearbeitet", argumentierte ich weiter. „Du machst einen seriösen Eindruck, glaub mir." So kam es. Christa mit ihrem ehrlichen Gesicht überzeugte schließlich.

„Der kam uns gleich so schleimig vor", gab einer der Polizisten zu. „Außerdem: was hat ein Herren-rucksack auf der Damentoilette verloren, hm?" Die Anzeige wurde abgebogen. Zudem eine Bagatelle, der gebrauchte Rucksack war wirklich nicht wert-voll.

Dennoch traf es sie hart. Hausverbot in allen Casi-nos der Umgebung. Oje, das war schmerzlich an-gesichts ihrer Freude an Spielhallen. Rainer, ihr Neffe, war arbeitslos geworden. Ein Unfall auf der Baustelle warf den gelernten Schlosser aus der Bahn. Gleichzeitig müßte er sich mit der Rückzah-lung einer Million Schilling ab, die er insgesamt versemmelt hatte. Mit Toto-Wettscheinen hatte er auf Gewinne im Fußball gesetzt, daneben getippt. Eine Menge Geld verzockte er im Prater, wo er sich nachts herumtrieb.

„Wie können die nur einem einfachen Arbeiter einen derart großen Kredit bewilligen", fand Christa. Die Bank wäre schuld, zu leichtgläubig, auf keinen Fall ihr Lieblingsneffe.

Unsere Arbeit ging weiter. Wir verpackten Flipcharts, falzten händisch und mit Hilfe der großen Falzmaschine im Werkraum nebenan. Christa K. brachte mir bei, wie man sie einstellt, diese monstrröse Maschine, die ohrenbetäubend Folder um Folder fein säuberlich falzt und auf ein Förderband auswirft. In der Pause stehen wir in unseren Arbeitsmänteln an der Hallentür, die Zigaretten zwischen den Fingern. Auf einmal lacht sie auf. Ihre Augen blitzen zusammengekniffen hinter ihrer Hornbrille.

„Die Gesichter möchte ich gesehen haben", sagt sie und kichert weiter. Es betraf ihre beiden Schwestern. Diese verlegten in der Folge ihre Aktivitäten in das Casino in Baden, wo sie weniger bekannt waren. Ihr Spielabenteuer endete im offenen Wartehäuschen der Badner Bahn um vier Uhr morgens. Dort saßen sie auf einer Bank, mutterseelenallein im Frühnebel, auf dem zugigen Bahnsteig. Fröstelnd, aber wie sollten sie sonst nach Hause kommen. In einer Nacht hatten sie all ihre Barreserven verspielt. Die letzte Badner Bahn verpasst, die sie nach Wien hätte bringen können. So mussten sie in dieser Novembernacht ausharren, bis der erste Zug morgens wieder seinen Dienst aufnahm. Hätten sie doch Christa dabeigehabt, die stets vorausschauend ein paar Schillinge zurückzulegen pflegte, um sich ein Taxi retour leisten zu können.

Berner trifft Schlehdorn

Der Zeugmeister wünscht „Gute Reise!", derweil er begierig auf den Madonnakuchen herabsieht. Meine Spezialität, ein Rezept meiner Mutter, Gott hab sie selig.

„Kannst du denn nie nein sagen", fragte Bärbel. „Jetzt machen wir endlich einmal eine Städtereise und du musst unbedingt noch diesen Kuchen backen. Die Freiwillige Feuerwehr wird ein paar Tage ohne dich auskommen müssen. Sowie auch dein Büro."

„Keep smiling, BB", sagte ich. Manchmal nenne ich sie noch so. Die Initialen von Brigitte Bardot, der Sexbombe. Bärbel Berner, meine Frau, steht ihr um nichts nach. Im Gegenteil. Unsere Koffer sind bereits im Wagen. Bärbel in weißen Jeans, hat ihre Bluse mit den feinen Zebrastreifen an, die ich so sehr an ihr liebe.

„Wir machen uns eine schöne Zeit, gell?" Sie schwingt sich auf den Beifahrersitz und stellt ihre geräumige Handtasche zwischen die Beine.

„Darauf kannst du Gift nehmen." Im Geiste gehe ich die Liste durch. Haben wir alles?

„Habe ich die Garage abgeschlossen?"

„Ja."

„Ganz sicher?"

„Sicher", sagt sie mit langgezogenem „I". „Und tu mir einen Gefallen. Lach hie und da. Das schadet gar nicht." Ich bemühe mich, drehe den Kopf zur Seite, grinse ein bisschen.

„Ich muss mich jetzt konzentrieren. Es ist viel Verkehr."

Kurt parkt den Wagen auf dem Flughafengelände. Ein wenig hölzern steigt er aus, stakst zum Kofferraum. Wenn er in Stress kommt, wirkt er meistens soldatisch, denkt Bärbel. Mein hilfsbereiter Mann, fast könnte man meinen, er hätte keine eigenen

Wünsche. Die Ankommenden und Abfahrenden auf dem Gelände rollen ihre gewichtigen Koffer. Das Brabbeln der Rädchen auf dem Gehsteig, auf den Bodenplatten der Halle. Über uns das Getöse der Flugzeuge, wie aufkommender Wind, der auf einem Pfeifinstrument spielen gelernt hat.

„Kurt, hier ist der Schalter", rufe ich. „Da vorne ist für die Premiumclass."

„Danke", sagt er und hält die Tickets bereit. Freundliche Damen hinter den Pulten tippen emsig in ihre Terminals. Unser Gepäck wiegt, ja wieviel, noch in der Norm.

„Das musst du dir nicht merken", sage ich. „Ist okay, Kurtl." Er hat Schweißperlen auf der Stirn. Ich hake mich bei ihm unter und zwinkere ihm zu.

„Wir fliegen nach Berlin. Ist das nicht super druper?"

„Ganz sicher", sagt er und lächelt.

Eine gefühlte Tagesreise später heben wir ab. Bis auf den Italienurlaub vor fünf Jahren sind wir aus Mistelbach kaum hinausgekommen. Einmal ins Theater an der Wien, um Cats zu sehen. Was hat uns eigentlich abgehalten, uns die Welt anzusehen? Vermutlich unsere Komfortzone. Das gemütliche Wohnzimmer in unserem Haus. Den Flachbildfernseher haben wir uns etwas kosten lassen. Achja, da ist dann noch Sabine, unsere Tochter, auf deren Biobauernhof ich mithelfe. Sie und ihr Mann bauen Raps an, ein wirklich großer Acker. Ich bin wegen der Kräuter mit von der Partie. Fast kann ich den Lavendel riechen, wenn ich mir den Garten vorstelle. Ich sehe die niedlich verzierten Flaschen vor mir, zum Verkauf bereit. Öle und Essenzen in unterschiedlichen Größen. Sabine sagt, ich könne gut verkaufen. Das schmeichelt mir sehr. Vielleicht sagt sie es ja nur, weil ich ihr jede Menge Arbeit abnehme.

„Hast du den da vorne gesehen", flüstert Kurt.

„Nein, was ist mit dem?"

„Rote Lippen, getuschte Wimpern." Er grinst von einem Ohr zum anderen. „Dann trug der noch einen Cowboyhut in Grau."

„Ja und? Jedem das seine."

Kurt beugt sich vor, zieht die Jalousie etwas hoch und sieht aus dem Fensterchen auf die Wolkendecke unter ihnen. Nicht, dass man uns am Ende noch für Hinterweltler hält, denkt er. Aber ist es nicht ein Zeichen von Toleranz, wenn der Mensch eine auffällige Maskerade lächelnd anerkennt? Ein komisches Gefühl ist das. Zuhause kann man sagen, was man will. Keiner kann dir was. Da ist es auch nicht nötig, sich jedes Wort zweimal zu überlegen. Ist es nicht genug, wenn ich im Gemeinderat meine Fresse halte? Man will ja nicht anecken, ist der Mühe nicht wert. Ich muss ja nicht überall meinen Senf dazugeben. So kommst du besser durchs Leben, sage ich mir. Da, jetzt kommt er durch den Gang. Ich kann nicht anders, als ihn anzustarren.

„Wie Onkel Hans im Fasching", sage ich. „Herrschaftszeiten, war das eine Gaudi." Als ich ansetze, die Details zu erörtern, blicke ich in Bärbels ärgerliche Augen.

„Ja, was? Das war doch urkomisch. Vor vier Jahren. Hast du nicht gesagt, wir wollen Spaß haben?"

„Hör auf, willst du uns gänzlich blamieren", zischt sie.

„Komm schon, wer das nicht lustig findet… Onkel Hans als feine Etepetete-Dame verkleidet. Dem ist nicht zu helfen."

„Wir sind nicht in den Sechzigern, wo das alles ja so hipp war", sagt sie angebissen. „Und was soll denn das heißen, dass mir nicht zu helfen ist. Hah?"

„Aber ich wollte doch nur… ist nur eine Floskel, weiter nichts." „Nichts von Belang. Glaub mir."

„Das ist es immer mit dir. Diese nichtssagenden Blödheiten", keift sie mich an. Flüssige Aussprache, ich wische mir das Gesicht ab.

„Hör mal, Bärbelchen. Ich will wirklich nicht mit dir streiten. Sollte nur ein Spaß sein."

„Nur ein Spaß? Du führst hier andere vor, die sich vielleicht etwas anders stylen als wir. Du Landpomeranze." Das hat gesessen. Wie kann sie nur so etwas behaupten? Ich, der ich für jeden und jedes Ausgeflippte Verständnis zeige. Als hätte ich eine Schneeladung auf die Brust geknallt bekommen, sitze ich in meinem Flugzeugsitz. Das war jetzt echt zuviel. Ich werde den Rest des Fluges kein Wort mehr sagen.

„Wer hätte das gedacht", sagt Bärbel. Wir befinden uns im Sinkflug, vermeldete die Stewardess. Was hätte wer gedacht. Jetzt will sie mich aus der Reserve locken. Ich soll fragen, mein Schweigen brechen. Als Kinder haben wir das oft gespielt. Wer zuerst redet, hat verloren. Oder auch, wer zuerst schmunzelt, ein „armer, schwarzer Kater". Da kann sie lange warten. Ich fühle mich ausgelaugt, freudlos. Ja, das ist es. Soll sie nur ihre Bemerkungen vom Stapel lassen. Wenn sie sich nicht entschuldigt, war's das. Jawohl, unsereins hat auch seinen Stolz. Immerhin habe ich es zu etwas gebracht, Gemeinderatsmitglied und so weiter. Das alles hat mich einen Haufen Mühe und Arbeit gekostet. Wir leisten Großes für die Bürger und Bürgerinnen.

„Wir wünschen ihnen einen schönen Tag in Berlin", sagt die freundliche Stimme im Namen der Crew. Bärbel starrt mich von der Seite an. Wortlos stehe ich auf und zwänge mich in den schmalen Gang. Ihr „Sei so gut, gibst du mir meine Jacke herunter" ignoriere ich. Angestrengt versuche ich, mir nichts anmerken zu lassen.

„Na gut", sagt sie. Endlich gibt sie Ruhe. Ich werde mir ein Zimmer suchen in Berlin. Mit meinen

Kreditkarten steht mir die Welt offen. Eine beklemmende Wut steigt in mir hoch. Ich schlucke und presse die Lippen zusammen. Wenn ich daran denke, will ich gar nicht darüber reden. An die Respektlosigkeiten mir gegenüber, jüngst und vergangen. Rings herum steigen Passagiere freundlich aus, ein Menschenbrei geht die Gangway hinunter. Bärbel hinter mir rückt näher. Ein Bus wartet mit offenen Türen. Demonstrativ trabe ich zum anderen Eingang und schaue in die entgegengesetzte Richtung.

Da gondle ich nun durch die Straßen, breite, mehrspurige, viel beschilderte. Bärbel allein in Berlin, haha. Eine angenehme Brise weht meinen Kummer weg. Ein sanftes Licht gibt es hier. Es legt sich an die Häuserwände und bleibt ein wenig, bis die Dämmerung anhebt. Von weitem sehe ich ein Gedränge, das sich aufmerksam in eine Richtung schiebt. Der Platz strahlt eine Leutseligkeit aus.

Nichts Erhabenes, was Großstadtplätze für gewöhnlich so an sich haben. An eine schmale Gasse gedrückt, befindet sich eine Bühne, auf welcher sich fremd anmutende Kostümierte tummeln. Ich mühe mich ab, einen Konsens zu erkennen. Eine Dame im Harlekinanzug streicht sich übers Haar und sagt wiederholt: „Perpetuum mobile". Die zartere Figur hinter ihr lacht dann auf, während von rechts kommend, ein Balletttänzer in Schwarz ein Tablett mit zwei überdimensionalen Weingläsern heranträgt. Es ihnen vor die Nasen hält. Eine Szene jagt die andere, allesamt ein Füllhorn von Rätseln. Ein Herr in grauem Anzug und schütterem, nach hinten gekämmten Haar, steht direkt vor der Bühne und checkt das Equipment an den Lautsprecherboxen. Ob er wohl zu der Truppe gehört? Sieht schnieke aus, wie man hier zu sagen pflegt.

Die Bretter, die die Welt bedeuten. Es sind Holzbretter, auf denen sie stampfen und hüpfen, die Sohlen schleifen lassen. Als der Vorhang fällt, applaudieren alle wie toll. Ich bleibe, unschlüssig was ich mit meiner verbleibenden Zeit anfangen könnte. Als mir klar wird, dass ich allein vor dem dunkelroten Vorhang stehe, spricht er mich an.

„Es sind Laien, die im Rahmen eines Kunstprojekts experimentieren. Dadaisten", sagt er. „Hallo, ich bin Holger."

„Grüß Gott", sage ich gewohnheitsmäßig.

„Wienerin?"

„Aus Niederösterreich. Ich bin Bärbel." Holger macht sich daran, die Scheinwerfer auf dem Boden abzubauen. Ein Scheinwerfer schwankt, droht zu kippen. Mit einem Schritt bin ich bei ihm und fange das Gehäuse. „Danke", sagt er. „Wollen sie nachher mit mir ein Bier trinken gehen? Oder was sie möchten. Ich glaube, die Truppe hat sich verflüchtigt." Ich halte meine Armbanduhr ins abstrahlende Rampenlicht. Schon zehn, klar, die Straßenbeleuchtung ist schon längst an.

„Oder haben sie noch etwas vor?" Er scheint besorgt zu sein, dass ich ihm einen Korb geben könnte.

„Äh, nein", sage ich. „Ich meine, gerne. Sie kennen sich sicher hier aus."

„Worauf sie wetten können." Er schließt den Kombiwagen ab. Erklärt mir, dass sie den geliehen hätten. Das wäre echt günstiger als ein eigener. Voller Leben ist diese Stadt. Fröhliche Gesichter begegnen dem Sommeranfang. Öfter sieht man ausgeflippte Outfits vorbeiziehen. Zu kurz, um sich Einzelheiten zu merken. Ehe ich mich's versehe, sitze ich ihm gegenüber und wir prosten uns zu.

„Sie sehen gar nicht verheiratet aus", sagt Holger Schlehdorn, indem er auf meinen schmalen Ehering deutet.

„Ich weiss nicht, warum ich ihnen das erzähle. Aber wir haben uns blöd gestritten", hebe ich an. Besser, ich erzähle keine Details. Sonst könnte ich mich glatt wieder

ärgern. „Eigentlich bin ich ja der Meinung, dass er viel zu wenig von seinen Gefühlen erzählt", sage ich. Überhaupt könne man nicht schlau werden aus ihm. „Aber vielleicht findest du ja, dass es typisch männlich wäre." Vor lauter Vertrautheit wechseln wir ins Du.

„Die meisten Menschen können zwischen der Show und zwischen einem echten Gefühl gar nicht unterscheiden", findet er. „Denk doch an die vielen Schnulzen oder auch an die unzähligen Romane. Immer wieder frage ich mich, ist das alles echt? Sind die wirklich so toll verliebt, so schwer empfindend?"

„Kannst recht haben", sage ich. „Ein Außerirdischer, sollte der je auf der Erde landen, dann könnte der wirklich meinen, in unserer Welt drehe sich alles um Liebe und Fortpflanzung." Dann lachen wir beide und sehen einander tief in die Augen.

„Möchtest du gar nicht meine Antwort wissen, das angeschnittene Thema betreffend", fragt er. Ich nicke und trinke den Schaum vom nächsten Bier hinunter.

„Unbedingt" sage ich.

„Sie liegt im nonverbalen Bereich", sagt er getragen. „Du kannst es fühlen. Ist es echt oder nicht? Wenn dir ein Schauer über den Rücken läuft. Oder auch nur das unwillkürliche Blinzeln eines Auges, egal was. Das zeigt dir deutlich: es ist unverfälscht und echt."

Holger kommt offenbar aus reichem Haus. Als er von dem Familienunternehmen seiner betagten Eltern erzählt, kräuselt sich seine Stirn. Seine Altbären, wie er sie nennt, wollen das Ruder nicht abgeben.

„Die Laiengruppe erfüllt mich", sagt er. „Ich bin dort, wann immer ich kann." Ich gebe mir redlich Mühe, ihn nicht zu küssen. Es turnt mich an, wie freizügig er Einblick gibt in seine Welt. In der es auch Probleme gibt, obwohl er noch besser situiert zu sein scheint als wir. Ich muss mir bewusst sein, ich bin verheiratet. Notiz an mich selbst. Ich kichere, das Bier beginnt zu wirken.

Ein Hochhaus mit zehn Etagen ragt in den wolkenlosen Himmel. Kurt ist geplättet von dem Anblick der modernen Fassade. Ein schattiger, kleiner Park zieht ihn in seinen Bann. Sattes Grün und duftende Rosensträucher, dazwischen wiegt sich hohes Zyperngras in Kübeln. In der Häuserecke ist der Eingang. Ein Schild zeigt an, dass sich im vierten Stock ein Hotel befindet. Kurz entschlossen fährt er mit dem Lift hoch und ergattert das einzige freie Zimmer.

„Sie haben Glück", sagt der Rezeptionist. „Um diese Zeit sind wir ausgebucht." Ein hippes Assessoire ist das, Hängematten in den Gängen. Ich habe ein Zimmer organisiert, denkt er und freut sich. Erst mal durchschnaufen, dann ankommen. Er legt seine Kleidung ordentlich in den Schrank. Was tue ich mit meiner Geldbörse, mit dem Pass, während ich die Stadt besichtige? In die Gesäßtasche soll man nichts geben, das haben Diebe sofort im Visier. Jetzt könnte ich Bärbel gebrauchen, sie trägt für gewöhnlich unsere Sachen. Ja, dann muss ich halt eine Jacke mitnehmen. Ist eh besser, vielleicht wird's huschig am Abend.

Das Kaufhaus des Westens haut mich glatt aus den Schuhen. Was für ein riesiges Angebot. Mir bleibt die Spucke weg. Im Vorbeigehen streift mein Blick Früchte der Südsee, ein reichhaltiges Käsesortiment. Am nächsten Stand koste ich eine Blutwurstsorte auf Brot. Lecker, das muss ich unbedingt Bärbel erzählen. Die Designmärkte wecken mein Interesse. In meinem blau-karierten Hemd komme ich mir etwas altbacken vor. Es muss etwas geschehen. Das fühle ich. Also durchforste ich die Kleiderstangen nach einem passenden T-Shirt.

„Kann ich ihnen behilflich sein", fragt die Verkäuferin mit der feschen Kurzhaarfrisur. Erst ist es mir unangenehm, weil ich eigentlich gar nicht sagen könnte, was ich suche.

„Naja", sage ich. „Also ich bin mir nicht sicher. Glauben sie, zu mir passt dieses T-Shirt?" Ich halte ein x-beliebiges davon, mit der Aufschrift „Seasons Greetings", an meinen Oberkörper.

„Doch. Orange steht ihnen. Ich würde ihnen zu einem flotteren Design raten." Eveline steht auf ihrem Namensschild und ihr Lächeln ist süß. Zwei Leiberln nehme ich mit in die Kabine. Gebombt.

„Aubergine", hat sie gesagt. „Da geht es mir gleich viel besser. Weißes Haar und aubergine. Super." So lebt die Crème de la Crème in Wien und Berlin, ganz sicher.

Das Eisparfait ist zum Niederknien. Ich habe mich im Restaurant eingefunden, im x-ten Stockwerk. Meine Einkaufsdekor-Sackerln prangen auf der Sitzbank neben mir. Zu meiner Überraschung blickt Eveline zu mir herüber. Sie steht in der Warteschlange am Selbstbedienungsbuffet. Kommt mit sorgfältigen Schritten, das Tablett betreffend, an meinen Tisch.

„Ist hier noch frei", fragt sie.

„Gerne. Bitte nehmen sie Platz", sage ich beflissen. Nicht, dass sie es sich am Ende noch überlegt. Sie sitzt über ihre Sahnetorte gebeugt, und streicht mit der Kuchengabel das Schlagobers ab. Das führt sie genüsslich zum Mund.

„Ich habe mir gedacht", beginnt sie, trinkt einen Schluck aus ihrem Kaffeehäferl und sieht mir in die Augen. „Sie sehen traurig aus."

„Ach, sieht man mir das an." Das hätte ich nun nicht erwartet. Ich zwinge mich zu einem Lächeln. „Es geht vorbei", sage ich.

„Verstehe. Ich mache gerade eine schwierige Phase durch. Da erkennt man Leidensgenossen. Ich hoffe, ich bin ihnen nicht zu nahe getreten."

„Aber nein, bitte, ich bin froh, sie kennenzulernen. Ich bin Kurt Berner aus Niederösterreich." Sie erklärt, dass ihr Dienst zu Ende sei. Um zu zeigen, dass sie auf niemanden angewiesen ist, arbeite sie im Warenhaus. Als sie auf ihre Ehe zu sprechen kommt, sehe ich den Kummer in ihren Augen. Übrigens sind die sehr schön hellblau und kristallklar.

Ich bin ein erprobter Zuhörer, so wurde mir schon oft gesagt. Was haben diese, meine Ohren schon alles gehört. Evelines Problem ist ein häufiges. Die leidlichen Schwiegereltern, die ihr das Gefühl geben, nicht gut genug zu sein. Für den feinen Herrn

Sohn. Ungewöhnlich an ihr ist, wie sie es zu lösen versucht. Sie macht sich unabhängig. Nicht nur, dass sie ihr eigenes Geld verdienen will. Sie spart für einen Imbisswagen. Die Genehmigung dazu hat sie schon eingereicht. Stolz zeigt sie mir ein Foto.

„So in etwa soll er aussehen", sagt sie.

„Das ist ja super. Gefällt mir." Wir schwelgen in Ideen, was ein Imbiss so alles anbieten könnte. Sie überlegt, wo die beste Ecke wäre, ihn aufzustellen. Sie ist unkompliziert, denke ich. Würde gut zu mir passen. Doch würde sie sich in Mistelbach wohl fühlen? Eine, die aus der Großstadt kommt... Wer weiß das schon, wir werden es nie erfahren. Übermorgen sitze ich nachher neben Bärbel im Flieger. Aber ein Abenteuer könnte es werden. Mit Eveline, die praktisch denkt und trotzdem verführerisch aussieht. Kein Anruf auf meinem Handy. Was war nochmal mein Problem?

Ich höre ihr zu und freue mich über ihr schwärmerisches Erzählen.

„Beim Brandenburger Tor", hat Holger gesagt. Ich ordne meine Frisur, ziehe meinen BH zurecht. Ein halb überdachtes Gefährt unter den Linden. Gegenüber dem berühmten Adlon steht eine einzelne, kirschrote Kutsche. Über ihrem schmalen Einstiegstreppchen sitzt, wie eingezwängt, die mollige Kutscherin. Ein schwarzer Hut mit gelben, roten und grünen Strohblumen, kirtagsmäßig, gibt ihrem Gesicht Schatten. Mit kurzen Speckfingern tippt sie in ihr Smartphone.

„Entschuldigen sie", rufe ich von weitem. Sie scheint mich nicht zu bemerken. Das müsste die Kutsche sein, die Holger für uns reserviert hat. Ich bin fünf Minuten zu früh, sehe mich nach ihm um.

„Wir haben eine Kutschfahrt gebucht", sage ich, bei der Pferdekutsche angekommen.

„Wer zuerst kommt", sagt sie und steht auf. Dann steckt sie das Handy in die hintere Hosentasche.

Ich bin baff. Sie wendet sich der Dame zu, die leise hinter dem Wagen auftaucht und sich anschickt, einzusteigen.

„Moment mal", rufe ich. „Sie können sich da nicht so einfach vordrängen." Die blonde Dame ist bereits eingestiegen. Als hinter dem ledernen Dach Kurt erscheint, wie in einem Theaterstück. Zu allem Überfluss trägt er ein Glitzer-T-Shirt, auf welchem ein Icon genauso runde Augen macht wie er selbst.

„Guten Tag alle zusammen", sagt Holger. Er scheint in Verlegenheit zu sein, räuspert sich.

„Du", sagt die Dame erstaunt. Dann wendet sie sich Kurt zu, der „ihr kennt euch", murmelt.

„Ja", sagt Holger, der seine Fassung wiedererlangt hat. „Die Welt ist klein." Seine Hand vollführt eine Präsentationsgeste.

„Darf ich vorstellen: meine Frau Eveline." Unweigerlich muss ich lachen.

„Und sie wird noch ulkiger, die Welt." Kurt, mein Mann, weilt wieder unter den Sprechenden.

Tom singt auch mit mir

Meine Altvorderen hegen Bäume auf ihrem Balkon. Sowas geht nur, wenn die entsprechend klein sind. Ein Ahorn mit einer üppigen Baumkrone, eine Buche mit winzigen Blättern und eine Kiefer, die noch jung ist.

„Das darfst du auf keinen Fall vergessen", hat mir Papa eingebläut. „Denk daran, die kriegen nur wenig Wasser in ihren Schalen."

„Ich lass sie schon nicht verdursten, deine Bonsais", sagte ich. „Schickt Fotos. Bin gespannt, wie es in Thailand aussieht."

Tim gießt für euch. Aus den Töpfen der Kübelpflanzen rinnt großzügig das Wasser. Bambus wuchert lebensfreudig. So leise ist es in Favoriten, in ihrem Wohnhaus, alle sind zur Arbeit. Das Leise kann auch Beklemmungen verursachen. Auf Knopfdruck sind sie weg.

Shawn Mendes, Dritter in den Charts, singt „When you are gone". Irgendwie treffe ich den Ton nicht. Ich singe mit, soweit ich den Text kenne. Sie ist weg. Melinda, meine Ex-Freundin. Und mit ihr auch die personifizierte Vorschrift. In meinem geistigen Dialog bemühe ich mich, meine Unzulänglichkeiten zu entschuldigen. Was habe ich doch alles versucht. Richtig auf der Couch zu sitzen, um im Alter einmal ein faltenfreies Gesicht zu haben. Oder Pilates am Morgen und Astronautennahrung, die man mit dem Strohhalm trinkt. Jetzt singt dann der Elton John, der Burner.

Ich stelle die Gießkanne unter das Waschbecken. Acht Überstunden im Markt sind gleich ein Tag Zeitausgleich. Wozu beeile ich mich? Er liegt unbeschrieben vor mir. Mal sehen, was die Musikbestände zu bieten haben. Lagersprache spricht von Vorrätigem und Bestellungen. Nachher beschweren sich welche, wenn die passenden Bauteile nicht vorrätig sind. So wie neulich. Ein Heimwerker hat sich aufgeregt, weil seine Schrauben vergriffen waren.

„Wir können sie bestellen. Dauert nicht lange", sagte ich. Im Handwerkeroverall bist du der Teschek. Alles reibt sich an dir. Nehmt halt andere Schrauben, unsere Regale sind voll bestückt. So wie auch Papas CD-Sammelboxen. Wow, seine neue Karaokeanlage. Sicher singen sie zu ihrer alten Hadern, er und Mama. Wenn sie ungestört sind. Das hätte ich mir auch gewünscht, ein Duett mit Melinda. Kann man vergessen. Dafür ist sie nicht der Typ.

Tim sieht sich neugierig eure Sammlung an. Abteilung CD-Graphics, reichlich vorhanden. Heute ist mir nach „Legends". „Tiger" steht mit Papas Handschrift quer auf der Hülle. Das Mikrophon in der Hand, starte ich die Karaoke-Box. „Green, greengrassofhome" - Tom Jones habe ich noch im Ohr. Es gibt einen Wiederhol-Button zum Einüben. Etwas zu tief stimme ich an, was solls? Wird schon werden, nur weitermachen zählt. Eben auch für Dilettanten, für den Hobbysänger wie mich. Höchstens könnte ich den Background geben für den Tiger mit der saalfüllenden Stimme. Leidenschaft pur. Meine Stimme füllt sich, wird sicherer, breiter im Klang. Mein Bühnenoutfit – unser Firmen-T-Shirt, Shorts im Armylook. Hinter mir das Orchester, das dem Sänger Halt gibt. Wie von selbst läuft der Song dahin. Ich sehe das Publikum im dämmerigen Saal. Neben mir den wild frisierten Tom Jones, der mich ermunternd anlächelt. Dann zieht er seine dynamischen Runden auf der grell erleuchteten Bühne. Überwältigt vom Glamour singe ich weiter. Den Text kenne ich auswendig. In meiner Lieblingspassage gebe ich alles. Mein Lampenfieber ist gänzlich verflogen, herzerfüllende Freude greift um sich. Eine Welle schwappt in ein

Publikum, das mitschwingt. Pfeifen und Klatschen, Stampfen und Lichter. Ein Gefühlspotpourri, das ein unergründliches System zu haben scheint. Musik ist fühlbares Naturgesetz. Ich neige den Kopf, bedanke mich. Aber wie komme ich von hier nach Hause?

„Sicher gibt es einen Flieger, der von Bristol startet", meint Tom.

Zu unserer Zeit

„Grüß Gott, … das hat es ja gar noch nicht gegeben … von Euch nicht einmal ein paar Zeilen." Im Stiegenhaus überflog ich die Zeilen auf der Postkarte. Kuvertlos, jeder, der mochte, konnte sie lesen. Das handelsübliche, satte Gelb. Tante Milli benützte eine Füllfeder, wie sie belesene Leute besitzen. Wenn sie sich verschrieben hatte, strich sie dies doppelt durch, dann weiter im Text. Worte der Sorge um mich, meinen Mann und unseren Zweijährigen. Die Bitte, kurz Bescheid zu sagen. Dann wäre sie beruhigt. Eine Autostunde entfernt, das war Ende der Siebziger noch eine Hürde.

Ich werde es sofort erklären, dachte ich. Drehte den Schlüssel um. Sperrig räumte die sich öffnende Wohnungstüre kleine Legosteine zur Seite.

„Hallo", sagte ich zu Florian, der am Vorzimmer-
boden spielte. Mein Mann saß auf der Couch,
drehte kurz den Kopf vom Fernseher weg. Ich
glaube, er hat mich

gegrüßt. Es tut weh, wenn man barfuß auf einen
dieser kleinen Plastiksteinchen tritt.

„Tante Milli hat uns geschrieben", rief ich ins
Wohnzimmer. Das Telefon stand auf einer Korb-
truhe. Es war an einer langen Leine, damit man es
in alle Zimmer mitnehmen konnte. Ich verzog
mich in die Küche und wählte ihre Nummer, die
ich auswendig kannte. Ein herzliches Aufatmen,
ihre Stimme wurde fröhlicher. „Fassen wir uns
kurz", war die Devise, wie ein ungeschriebenes
Gesetz. Das man nicht extra zu erwähnen brauch-
te. Jede Sekunde kostet. Wer anruft, bezahlt das
Gespräch.

„Wir kommen am Samstag in zwei Wochen", ver-
einbarten wir. Ich werde es ihr genauer erklären,
nahm ich mir vor. Meine Tante hatte eine beson-

dere Rolle zugewiesen bekommen. Heute würde man sie als eine Art „Wendy" bezeichnen. Ausgelassene Spielgefährtin und sanfte Erzieherin zugleich. Als Kinder hat sie uns oft in den Ferien zu sich genommen. Drei Schwestern, die sich Mühe gaben, unter ihrer Obhut selbstständig zu werden. Sie war die Kusine meiner Mutter, nun in Pension. Doch vorher Direktorin im Ziegelwerk am Stadtrand von Laa an der Thaya. Wir sprachen von heutzutage. Da gibt es Gegenstände, die dankbar sind. Das heißt, sie sind pflegeleicht. Eine Tischplatte, auf der man den Schmutz nicht gleich sieht, dankbar – du musst sie nicht ständig putzen. Sie war die verständnisvollste Person, die ich kannte. Auf beinahe allen Fensterbänken waren Zimmerpflanzen. Zwischen den Rosenbeeten im Hof führten schmale, betonierte Wege zu einer Terrasse. Dort haben wir als Kinder oft Theater gespielt, sie mit gespielten Witzen überrascht. Sie lachte und klatschte, auch wenn sie einen Sketch bereits kannte. Wir saßen um den Wohnzimmertisch bei Kaffee und selbst gebackenem Marmorkuchen. Schlagobers konnte sich nicht jeder leisten.

Eine neue Urkunde hing an der Wand, ein päpstlicher Orden. Ich erzählte von meiner Jobsuche, die endlich erfolgreich war. Ein Unfall, bei dem unser neuer, roter Lada schwer beschädigt wurde. Die Schulden, die die Reparatur nach sich zog. Ich musste einen Kindergartenplatz organisieren für den bevorstehenden Sommer. Aber natürlich hätte ich sie zwischendurch anrufen können. Doch hätte sie es in meiner Stimme hören können und sich womöglich noch mehr gesorgt. Mein Angetrauter ging periodisch in den Hof, um eine Zigarette zu rauchen.

„So geht das heute mit der Kinderbetreuung", sagte sie. „Damals bin ich mit euch stundenlang spazieren gegangen. Ich wart so brav zu Fuß." Sie erzählte davon, dass sie uns auf der Rodel im

Schnee hinterher zog, wenn wir müde wurden. Dann legte sich ihre Stirn in Falten.

„Zu unserer Zeit", begann sie. Das war, als sie Kind war, im Dorf drüben an der Grenze. Die meisten waren Bauern und hatten alle Hände voll zu tun, viel Arbeit auf ihren Feldern. Ihnen fehlte die Zeit, sich um die Kinder zu kümmern.

Einmal saß ein kleines Mädchen, in Tränen aufgelöst, auf dem Boden. Die Dorfstraßen und Plätze vor den Häusern waren trocken und rissig von der Sommerhitze. Ihr geblümter Rock war kreisförmig ausgebreitet. Rundherum mit roten Ziegelsteinen beschwert. Darin saß sie, fuchtelte mit ihren Ärmchen in der Luft herum. Ihre linkischen Versuche, sich vom Boden zu lösen, misslangen.

„Wer hat dir das getan", fragte Milli gerührt. Das Kind zeigte auf ihre zwei Brüder, die in der Ferne Ball spielten. Einer kam mit erhobenem Kinn näher. Man kannte sich auf dem Dorf. Mit manchen sollte man es sich besser nicht verscherzen.

„Das geht dich nix an, Mutter und Vater sind am Feld", rief er. Milli und auch die anderen, die vorbeikamen, getrauten sich nicht, das kleine Mädchen zu befreien. Das Stunde um Stunde begriff, dass es sich fügen musste. Der Schatten verlegte sich auf die andere Gassenseite. Ihr Gesicht, ihre bloßen Arme verfärbten sich rötlich. Als der Abend anbrach, kamen Mutter und Vater heim. Vater trug die Sense, die Mutter einen Korb mit Fisolen.

„Seid's narrisch, des Madel hat einen Sonnenbrand", schrie sie.

„Die Buam haben Prügel gekriegt", sagte meine Tante.

143

Am Rande

Der Tag, an dem ich fehlerlos wurde, begann mit einem Fehler. Nicht etwa, dass es überraschend war, dass mir so ein Lapsus unterlief. Sie kamen aus dem Irgendwo hervor. Gewissermaßen also, war es nicht ich, die sie machte. Versteht ihr, also ich wollte es genau richtig machen, so gut wie all die anderen tüchtigen Damen. Und dann, pardauz. Irgendwie schlägt mich ein Schalk oder ein Hanswurst ins Genick. Blödoid stehe ich da. Die Kassierin schielt gereizt auf meine Hände.

„Tut mir leid", stottere ich. Mein probiotisches Yoghurt sickert unaufhaltsam und stetig in die Geldscheinlade ihrer Kasse. Sie sagt nichts. Vielleicht dürfen die das gar nicht. Ich meine, dem Kunden Vorwürfe machen, aber ihre Augen dürfen das. Ich hebe den rissigen Becher vom Pult.

Da tropft dann noch mehr davon auf die Ablage, von der aus man seine Taschen einräumen sollte.

„Lassen sie nur", sagt sie, reißt ein durchsichtiges Plastiksäckchen von der Rolle, tut das Gepatsche hinein. „Kassa vier, bitte übernehmen sie."

„Entschuldigen sie", sage ich. „Tut mir leid."

„Bitte machen sie drüben weiter. Das braucht hier noch etwas Zeit."

Wieso nur, wieso? Ich gebe mir doch die größte Mühe damit, dass alles klappt. ‚Schau dir die anderen an', sage ich mir. Wie zielstrebig die ihre Taschen einräumen, mit ihren Bankomatkarten zahlen. Da sitzt jeder Handgriff. Ach was, gute Laune muss her. Einkäufe ohne das Yoghurt. Draußen knallt die Sonne herunter. Ein freizügiger Tag, mein Zeitfenster. Gleich um die Ecke wohne ich.

Och, ist der göttlich. Wie ein Blitzlicht, das alle Saiten zum Klingen bringt. Ich steh total auf

Oberarme. Genau genommen auf Deltamuskeln. Er schreitet direkt auf mich zu. In meinem Kopf sumst es, Ideen müssen her.

„Entschuldigen sie, wie komme ich zum nächsten Postamt?" Das war gut, unverfänglich. Da, er bleibt stehen, blickt mich aufmerksam an. Augen so sanft wie ein Kind.

„Tja, da gehen sie am besten…" Ich sinniere über den nächsten Schritt.

Sollte ich ihn fragen, ob er mich begleitet. Zu doof, sich als eine auszugeben, die nach einer Wegbe- schreibung noch immer nichts finden kann. Ich könnte eine Drehung machen, mich dann noch einmal ihm zuwenden. Mich interessant machen.

„Sehr lieb von ihnen, danke sehr", sage ich. Nun die Drehung, päng. Mein Einkaufssackerl, mit den Flaschen drin, ist an sein Schienbein geknallt. „O- o, tut mir fürchterlich leid."

„Ja, kann man nichts machen", sagt er und streicht an der schmerzenden Stelle entlang. Ich sehe ihm

147

nach. Das wars dann, das Versäumnis eines möglichen Dates, eines vielleicht verpassten Kusses. Wir hätten den Weg zum Park entlang schlendern können. Oder einfach auf ein Eis gehen. Jaja, Vergraulen ist meine Stärke.

Ich sollte mein Image aufpolieren. Eine Lösung muss her. Eine eigene Homepage, die mich von meiner Honigseite beschreibt. Untertags könnte ich an sie denken, in heiklen Momenten, wenn mein Ego am Zerbröseln wäre. Rita Singer, wie sie auf der Sonnenseite steht. Ein Foto, mit Filtern geschönt, lieblich auf ewig. Was genau wären meine Taten, die ich jedem zu präsentieren hätte? Gute Gedanken, freundliche Worte. Zu dürftig, um auch nur eine Seite zu füllen. Sind hübsche Gedanken bereits eine Errungenschaft? Jetzt einmal am Beispiel der gestrigen Behandlung, die mir widerfuhr. Katia, die graugesichtige Masseurin, wie ich sie zum ersten Mal sah. Wenn eine wie ich aus diesem Treatment wieder hoch erhobenen Hauptes herausgeht. Vielleicht glaubt die aber auch, ihre Kunden haben alle diesen masochistischen Vogel. Worüber wollte ich gerade nachdenken – die gute Absicht. Mit wohlmeinendem Denken geschehen gute Taten, angenehme Massagen, wunderschöne Werbetexte, freundliche Gesichter. Die Graugesichtige sieht mich nie wieder. Mein Unterarm schmerzt noch immer. Kann sein, dass daraus eine Ungeschicklichkeit entsteht. Die sich doch hoffentlich in Bälde legt. Zwischen meinen Rippen tut auch etwas weh. Ich räume die grünen Paprika in die Obstlade im Kühlschrank, das Brot in die Brotdose, das Glas Essiggurkerln in die rollende Schublade. Kühlschrankluft läuft an meinen Beinen hinunter und in die vollgeräumte Lade. Der Eiskasten wirft den Motor an.

Um die Mittagszeit gehe ich nach draußen. Auf der Suche nach dem neuen Sandwichladen tippe ich auf Maps. Pünktchen markieren die Strecke, Ausgangspfeilchen, zu erreichender Zielpunkt. Nun also bin ich auf der Reichsbrücke. Weil ich mein Handy verkehrt herum gehalten habe. Was soll's, ich suche mir spontan eine Imbissbude. Über der Donau weht manchmal eine frische Brise, kühlt die Leute auf der Brücke. Man darf hoffen. Von Ferne sehe ich sie. Ihr dunkles Haar ist im Nacken zusammengebunden. Sie trägt ein fähnchenartiges Sommerkleid.

Die Frau steht außerhalb des Geländers, fast wie eine Gallionsfigur am Bug eines Segelschiffes. Zwischen ihrem Körper, noch in Schwebe, noch von zwei Armen gehalten, und dem Wasserspiegel nur noch ein paar Meter. Nichts, das sie aufhalten könnte. Ihre Sandalen stehen fragil auf der gerundeten Verschalung. Auf der sicheren Seite redet eine Dame pausenlos auf sie ein. Als ich näherkomme, beteuert sie, dass sie nicht auf sie hören wolle. Ich bleibe stehen. Die Hitze, fast tropisch, bedrückt uns. Ich weiß, dass der Fluss, auf den sie herabsieht, an dieser Stelle voll Untiefen ist, voll unberechenbarer, reißender Strudel.

„Es ist gefährlich, wenn sie hinunterspringen", sage ich. „Hier ist es sehr tief, wegen der Schiff-fahrtsrinnen." Sie zuckt mit den Schultern, sieht mich kurz an. Es ist ihr egal. Sie ist sich egal. Ein Honigwort muss her.

„Sie sind so eine liebe Frau", sage ich. „Springen sie nicht." Sie zögert, hält sich plötzlich krampfhaft an dem silbernen Metallgeländer fest. Ihre zarten Hängeohrringe zittern.

„Sie sind so hübsch", sage ich. „Schöne Ohrringe haben sie." Dann endlich dreht sie sich uns zu. Zieht ein Bein über das Geländer und kommt wohlbehalten auf dem Gehsteig an. Ich bin ver-blüfft, weiß nicht, wie mir

geschieht, als sie auf mich zukommt und mich umarmt. Eine fremde, wortlose Umarmung, sie

drückt mich ganz fest. Auch nachher sagte sie kein
Wort.

153

Frei sein

„Immer nur die Margit. Ich bin euch doch total wurscht." Gerti sieht auf ihren Teller und stopft sich den Rest des Butterbrots in den Mund. Dann stürzt sie den inzwischen kalt gewordenen Kakao hinunter.

„Bring du erst einmal so gute Noten nach Hause." Frau Kawera legt lustlos den Kaffeelöffel beiseite und richtet sich auf. „Und bis dahin halt die Goschn."

„Dann steck mich doch wieder ins Heim." Das Mädchen hat sich mit ihrem Schmollmund der Schultasche zugewandt. Eine Wasserflasche und das Jausenbrot, das nach Wurst riecht, steckt sie hastig hinein. Sie werden dann schon sehen, wenn sie nimmer heimkommt. Hier ist sie sowieso über-flüssig.

„Jetzt geht das wieder los." Demonstrativ bläst ihre Mutter einen Luftschwall aus den Backen. Sie hält ihre üblichen Lobreden, wie sich ein braves Kind zu verhalten hätte. Gleich kommt der Teil mit – wie super doch Margit wieder ist – was man im Leben so alles können muss.

„Wärm dir das Faschierte zu Mittag auf", sagt sie. Weil es ihre Pflicht ist, das Essen zu machen.

Das Mädchen, das sie für bockig halten, schlägt die Tür zu. Ihre Schultasche schwingt auf und ab, während sie zornig die Stufen hinunterläuft. Sie schlägt die Richtung zur Hauptschule ein. Energische Schritte, die jugendlichen Hände zu Fäusten geballt. Das schwarze Gittertor zum begrünten Schulhof steht offen. Einladend, „spielt doch unter den Bäumen", „schaukelt auf der Schaukel". Das kräftige Mädchen hält den Blick geradeaus, vorbei am Tor, um die Container an der Ecke. Dann ist sie frei. Unbeachtet von den Erwachsenen. Entgegen den Strom von Schülern in allen Größenvarianten. Wasser trinkt sie an den Hydranten. Eine praktische Idee der fürsorglichen Stadtverwaltung. Ihr Wurstbrot, verstaut in der Schultasche, sollte sie der Hunger übermannen. Damals im Heim gab es Tee, der sauer schmeckte. Schweigendes Essen, ernste Gesichter. Schläge mit dem Lineal für die, die sich nicht an die Hausordnung hielten. Nichts davon hat sie erzählt. Was schwach erscheinen lässt, geht keinen etwas an.

Als es dämmerig wird. Schon zwei Bezirke hat sie durchschritten, mutig und ungebrochen in ihrem Willen. Zwei Polizisten in Uniform gehen Streife. Kommen ihr auf derselben Gehsteigseite entgegen. Zu spät, um die Seite zu wechseln. Einer davon wohnt in ihrem Haus.

„Servus, es wird bald dunkel." Die uniformierten Männer sind stehen geblieben. Fast wie Zwillinge,

die beiden. Aber gesagt hat das nur der, der in ihrem Haus wohnt.

„Tag."

„Wie heißt du?", will er wissen.

„Silvia Meier." Als Kind wird man oft übersehen.
Hoffentlich hält das, was es verspricht.

„Wo wohnst du?"

Sie sieht kurz nach links. Dann zeigt sie nach
rechts. „Ja, eh gleich da drüben." Der Beamte mit
der grünen Schirmmütze verzieht keine Miene.

„Geh z'Haus, Mädel. Und denk dir das nächste
Mal einen besseren Namen aus."

Besitzverhältnisse

„Und sag deinem undankbaren Sohn", predigt Gloria in abgehackten Silben, „er soll seinen Kram abholen." Damit meint sie wahrscheinlich die Musik-CDs, die er vergessen hat, als er übereilt aufbrach. Seine Frau ringt ihm einiges an Geduld ab. Ihr Unverständnis erklärt er sich damit, dass sie weniger gebildet ist als er. Sie verkauft Karten, halbtags, an der Kassa im Gartenbaukino. Oder kommt es daher, dass sie um zwölf Jahre jünger ist als er.

Seit zwei Tagen gärt es in ihm, als hätte er unreife Trauben zu sich genommen. Er hat Markus einen übertragenen Opel um fünfzehntausend Euro gekauft. Von seinem Gehalt als Optiker hat er sich einiges zurückgelegt, um ihn zu überraschen. Voll der Vorfreude konnte er es kaum erwarten, ihm die Schlüssel zu überreichen zu seinem einunddreißigsten Geburtstag.

„Ist das alles, was ich von dir kriege?" Die Worte seines Sohnes schlugen ihm ins Gesicht wie eine klebrige Ohrfeige. Die ihn wortlos und gekränkt zurückließ.

„Nie wieder rede ich ein Wort mit dir", hat er Markus an den Kopf geworfen. Dem frechen Nichtsnutz, der Unsummen von Geld verspielt hat im Casino. Immer wieder hat er ihm aus der Patsche geholfen.

„Was hab ich dir gesagt", redete seine Frau auf ihn ein. Als ob der Streit mit Markus nicht genug zu denken gäbe. Nun fühlt sie sich bestärkt in ihrer schlechten Meinung den Stiefsohn betreffend. Wenigstens bedauert sie das Unrecht, das ihrem Mann wiederfahren ist. Um wie viel besser doch Cornelia wäre. Ein richtiges Mädchen, immer folgsam und adrett angezogen.

„Sie ist erst vier, unser Sonnenschein", sagt er in der Hoffnung, dass es mit ihr weniger Probleme geben werde. Er ist mächtig stolz auf seine neue Familie. Aus der Küche duftet es nach Kalbsgulasch, seiner Lieblingsspeise. Seine Tochter auf ihrem roten Kindersessel knabbert genüsslich an einer Semmel.

„Heinz, es läutet an der Gegensprechanlage", ruft Gloria aus dem Esszimmer, während sie den Tisch deckt.

„Hallo", hört sie ihren Mann sagen. Wie selbstverständlich betätigt er den Türöffner. Ein paar Minuten später steht Liane in der Tür. Was macht die hier?

„Conny, geh noch in dein Zimmer spielen, ja?"

Heinz hat sie hereingebeten, seine Ex-Frau. „Damit nicht der ganze Gang zuhört."

Sie will ein gutes Wort einlegen für Mark. Er hätte es nicht so gemeint. Vielmehr würde er sich wünschen, mehr beachtet zu werden neben seiner kleineren Halbschwester. Was soll das jetzt, empört sich Gloria. Was geht uns ihr Sohn an? Wir sind doch jetzt seine Familie, die eindeutig besser ist.

„Wir können ihnen da auch nicht helfen", sagt sie zu Liane. „Da hätten sie ihn besser erziehen müssen."

„Das zeigt sich oft erst in späteren Jahren, wie sich Kinder entwickeln", entgegnet diese ruhig und wendet sich zum Gehen.

„Also, was sollte jetzt diese Herzlichkeit ihr gegenüber", stichelt Gloria, als sich die Tür hinter der Verflossenen ihres Mannes geschlossen hat.

„Was willst du, ich hab doch eh eisern reagiert?" Heinz erklärt entschieden, dass er zu seinem Wort stünde, und den Kontakt zu seinem Sohn abgebrochen hätte. Die Hände hinter dem Rücken verschränkt, geht er im Zimmer auf und ab wie ein

Burggendarm. Als ihnen ein beißender Geruch in die Nasen steigt.

„IIIh, was stinkt da?" Conny kommt aus ihrem Zimmer gelaufen und hält sich die Nase zu.

„Scheiße, das Gulasch." Gloria verschwindet augenblicklich in der Küche und reißt den Topf vom Herd.

„Seisse", sagt das kleine Mädchen und kichert.

„Jetzt hast du ihr das S-Wort gelernt", meint Heinz vorwurfsvoll.

„Tut mir leid, aber das Gulasch ist hinüber."

„Verdammt." Was musste sie derart patzig zu Liane sein, denkt er. Wo die Eifersucht hinfällt, wächst kein Gras mehr.

165

Die Dichterin

Ich bin Autorin. An der Anzahl der produzierten und verkauften Exemplare könnte man meinen, ich wäre eine der Krimifiguren von Henning Mankell. Der einem Mord zum Opfer gefallenen. Da lag er nun, aufgespießt in einer Erdgrube, hoch oben im einsamen Norden. Zu Fuße einer glanzlosen Aussichtswarte. Schlappe dreihundert seiner vogelkundigen Bücher verblieben in seiner Hütte, aufgespart für den Rest der Welt. Ein Einsiedler, unverstanden in seinem seltsamen plus zeitraubenden Hobby. Der einen Wissensberg über Vogelarten angehäuft hatte, welcher keinen lesefreudigen Schweden hinter dem Ofen hervorzulocken vermochte.

Ich bin um einiges weiter südlich daheim. Wissend, ja. Lesepublikum, ja. Nicht viele, aber anerkennende Worte. Das dritte Attribut bezüglich des Schwedenkrimis trifft eigentlich nicht zu. Party ist mein Ding. Jeden Nachmittag, ungeachtet der Laune, mache ich mich zurecht. Selbst wenn ich mich ein wenig unpässlich fühle, auch dann. Ich werfe mich in Schale. Alles muss aufeinander abgestimmt sein. Hose und Bluse oder T-Shirt figurbetont, stylisch. Auf jeden Fall wichtig zur Frisur sind die Ohrringe. Keine Halskette, das trägt bei solch empfindlichem Hals zur Nervosität bei. Fertig die abendliche Attraktion der Josephine, innen unsicher, außen ein Hingucker. Ein paar Scheine für Eventualitäten. Was könnte ich mir heute bestellen? Irgendwann einen Campari, um Mitternacht eine Gulaschsuppe.

Der Duft ist Vorbote der Ahnung. Eine nicht zu benennende, betörende Note in einem Eau de Parfum, da ist noch ein schleichender Hauch von Tabak. Oder eine einschmeichelnde Melodie, die mir seit Ewigkeiten vertraut ist, raubt mir den Atem. Bilder segeln lautlos aus dem Nichts heran. Mit geschlossenen Augen sehe ich ihn, er kommt zurück. Sein Lächeln, das mich umfängt, seine eleganten Hände, die mich streicheln. Wenn uns die Liebe trifft, nimmt sie alles. Kein Platz für nagende Zweifel, für nüchterne Überlegungen. Sein Name war unwesentlich, plötzlich berühmt in einem Herzen. So war es damals mit Oskar.

„Ein Student, der ihnen nichts zu bieten hat", meinte ein Kollege. Er sagte es nicht so direkt, eher durch die Blume. In Erzählform, am Beispiel eines anderen Paares. Verstehe es wer wolle. Nenne ich es Zufall oder nicht, wie wir einander begegneten. Am Ende einer Samstagnacht, wie übrig Gebliebene, nach Gesprächen Süchtige. Wir wollten immer zusammen sein. In den nächtlichen Gassen der Altstadt, bei den alltäglichen Einkäufen, beim Kochen in meiner dottergelben Einbauküche. Wir trieben uns umher auf schicken Partys in toll renovierten Jugendstilhäusern, feierten ausgelassen mit feuchtfröhlichen Freunden. Die wohnten damals über dem Naschmarkt. Was machte es schon aus, wo das Geld herkam. Mein Konto war leergeräumt in der Abschiedsszene. Wenig wärmende Liebesschwüre, wenig Geborgenheit, wie eine waghalsige Zirkusnummer. Es hätte mir etwas ausmachen sollen, oder? Noch heute weiß ich innerlich, es war dennoch unübertrefflich.

So eine Seele ist zäh und strapazierfähig. Das hat sich erwiesen. Eine waschechte Seele überdauert das Image. Sei es ruhmreich, mittelmäßig oder am Ende gar zweifelhaft. Sie ernährt sich von Liebesbekundungen ohne davon dick zu werden. Augenblicke und Küsse. Ich reise zu vergangenen Lebenskreisen. Ein verliebter Blick hält durch, macht Jahre später noch seine Aufwartung. Wie ein Kompliment, das mich begleitet, mich in Watte packt. Ein Kuss im Hinterhof. Bunt blühende Girlanden fallen wie Vorhänge von den Balkongeländern. Mein Verehrer, der mich soeben etwas gefragt hat. Doch ich war unfähig zu antworten. Nähe und Zärtlichkeit, ein sprachloser Rausch.

Schlaf ist die zweite Heimat sowie auch seine Traumbilder. Hochfliegende Befindlichkeiten oder kaugummiartige Problemzonen drehen am Rad. Geschöpfe aus der hauseigenen Grottenbahn erheben sich. Der Eine dreht manchmal durch. Zum Vorschein kommt sein Ergebnis, gemarterte Körper oder deren Teile. Der, welcher keine Worte hat, stellt sein Sprichwort dar: „Es zieht einem die Haut ab." Namenlose Gestalten bevölkern meine Träume. Für mich haben sie auch keinen Namen bei der Hand. Vermutlich wäre das zu anstrengend für sie. Aber sie kennen mich inwendig, Worte sind nicht erforderlich. Sie besitzen meine ungeteilte Aufmerksamkeit. Ich kann mich von einer Seite auf die andere werfen. Ihr Kino bleibt da. In ihrem schier unendlichen Repertoire tummeln sich allzeit deutliche Bilder. Üppige Sonnenblumenfelder, darin rekeln sich edelblaue Kornblumen und sommerroter Klatschmohn. Sie wiegen mich herrlich, als wäre ich mitten unter ihnen.

Wie hieß der nochmal, der „Fine" zu mir sagte? Ach, das war vielleicht eine Prozedur mit ihm. Realistisch betrachtet: Sex wie Gymnastik. Zu dürftig für eine Frau, die nach menschlicher Wärme dürstet. Soll ihn doch eine andere haben. Manche, die ich begehrte, sie waren unerreichbar. Die Bewunderer, sie wiederum schwammen nicht auf meiner Welle. Was ich so alles erlebt habe, steht in meinen Skripten.

Irgendwo brennt es. Dort, wo meine Leber ist oder aber die Darmwindungen. Und ferner, ganz weit talwärts im Knie. Tsch-sch-sch, Josi Barko-

macht ihren Abschluss. Er oder sie hat seinen, ihren Abschluss gemacht. Was will mir das sagen über das Zukunftsträchtige, das auf jeden von uns warten möge? Prüfung bestanden, Meister aus der Taufe gehoben, Doktorand frisch gebacken. Das eben genau passende Wissen unter Dach und Fach, im Oberstübchen archiviert. Wer weiß schon, was von alledem nachher verwendet wird. Was stattfindet, mit einem abgeschlossenen Fachkraftpaket. In den meisten Fällen kommt da noch einiges dazu. Also nicht abgeschlossen, sondern nach oben offen! Josi, das Gehirn ist zum Bersten voll, Wissenswertes und Belangloses.

Eine Schriftstellerin sollte sich Mühe geben. Mit Halbherzigkeiten wird das nichts. Wahre, tief empfundene Inhalte müssen das sein. Mit seichten, abgedroschenen Phrasen kannst du die Leser nicht abspeisen. Sie könnten es merken, und dann… ach was, möglicherweise würde es gar keine Auswirkungen haben. Und ich wäre die einzige, der es etwas ausmacht. Als hätte ich eine Schminke aufgetragen, für die ich mich schämen müsste. Ich gehe unter die Leute. Und die sehen nur das Gesicht einer Fremden, das sie mitunter gar nicht in Frage stellen wollen. Muss so sein. Keiner denkt: ‚die da müsste um jeden Preis besser aussehen‘. Eine Maskerade, die billig ist. Wem könnte das schon missfallen. Es könnte Dämmerlicht sein, in welchem sich alle Masken gleichen. Worte im Dämmerzustand, wertfreie sozusagen. Und dann - vielleicht gibt es auch gar keine mindere Qualität der Sprache. Im Allgemeinen, oder? Wie sollte ich darüber Bescheid wissen, was trendy wäre. Manche Zeitgenossen, die auch bevorzugt an der Oberfläche kratzen, möchten unbedingt das Darunter sehen. Sie glauben schon auch an das „Gib alles!“. So gesehen wollte ich dieses überhaupt nicht ursächlich ergründen. Es ist mehr eine Herzensangelegenheit, die Leser nicht für dumm zu verkaufen, genau.

Wie sieht eigentlich das Umfeld den Dichter oder die Autorin? Es gab Ölgemälde, die in den Köpfen noch immer umherspuken. Eine schlichte Kammer, in klassischen rotbraunen Tönen gehalten. Fahles Licht fällt auf einen Holztisch, eine Ölfunzel, eine wachstriefende Kerze. Ein blasser, wohlgenährter Mann hält seinen Federkiel in der Hand. Eine weiße Zipfelmütze erinnert uns an Schlafenszeit. Das sind die, welche im Schaffensdrang zeitvergessen, unaufhörlich niederschreiben. Was sie von ihrer Muse empfangen. Mythischer Zauber, der nur wenigen vorbehalten war. Ein wissendes Schmunzeln legt sich in meine Mundwinkel.

Geblieben ist uns die nachtschlafende Zeit. Das rund um die Uhr Schaffende. Am Computerbildschirm, auf in Massen angefertigten Notizblocks, mit allzeit bereitem Kugelschreiber oder Patronen geladener Füllfeder. Texte vom Diktaphon, eilig hingekritzelt auf Post-it. Leichtgewichtiges Laptop auf den Oberschenkeln, Schreibsoftware und Konverter ins eBook, pdf. Verpixelte Bilder, nicht zu vergessen die praktische Löschtaste. In meinem Wohnhaus ahnt kein Mensch, dass ich schreibe. Gewiss könnte ich es beiläufig erwähnen, zwischen ein paar gewechselten Worten über Chihuahuas, die Gassi geführt werden. Anschließend an die erfolgreich verlaufene Knie-OP des Neunzigjährigen im obersten Stock. Beim Kummer der betagten Dame über den Verlust ihres Hörgeräts infolge des Abnehmens der FFP2-Maske würde es keinesfalls passen. Da kriege ich unmöglich den Bogen, um auf meine Errungenschaften hinzuweisen. Es war einmal, da wollten sie dem Nachwuchs alle Eitelkeit austreiben. Gratuliere, sie haben es geschafft.

In meinen Träumen versöhnen sich die Menschen. Unbekannte begegnen sich. Ich kann mich meistens nicht erinnern, wo ich sie schon einmal gesehen haben könnte. Ein etwa Dreißigjähriger mit teigigen Wangen, lieblich anzusehen. Der ein bedrückendes Gefühl in mir wachruft, als schulde ich ihm etwas. Ich sehe sein Halbprofil dicht vor meinem Fenster im Freien. Er umarmt mich sachte, einer Vogelfeder gleich.

„Alles okay, mach dir keine Sorgen", belieben sie zu sagen, meine Traumfiguren. Ungebeten erschienen, gleich einem Nieselregen heilen sie mich. Um dann unaufhaltsam wieder abzutauchen. Ihre Mission ist erfüllt, sie sind nun nicht mehr von Nöten.

Eine weiße Tracht ruft mich. Wie durch einen Schleier sehe ich den Beutel mit klarem Liquid, zwei Drittel befüllt. Nachschub gegen Schmerzen, den sie auf die Metallstange über mein Bett hängt.

177

Eine Flügelkanüle zeichnet sich deutlich ab, direkt über meinem veralteten Unterarm.

„Frau Bartok?"

„Ja", sage ich leise. Sie freut sich, dass ich wach bin.

Nun, ich habe wirklich viel geschrieben. Kann sein, dass sie sie finden. Meine Manuskripte, un-eingereicht. Histörchen dösen in den Schubladen meines Schreibtisches.

Nachwort

Herzlichen Dank an meinen Bruder, Hermann Höger, der zu diesem Buchprojekt anregte und ausgewählte Illustrationen zur Verfügung stellte.